A ROSA *e o* ESPINHO

A história de Evelyn

THEODORA GOSS

Ilustrações Scott McKowen

V&R EDITORAS

Este livro é dedicado a todos os amantes contrariados pelo destino mundo afora.

Theodora Goss ganhou o Prêmio World Fantasy 2008 pelo conto "Singing of Mount Abora" ["O canto do Monte Abora"]. Entre suas publicações estão a coletânea de contos *In the Forest of Forgetting* [*Na floresta do esquecimento*], de 2006; *Interfictions* [*Interficções*], antologia de contos coorganizada com Delia Sherman em 2008; e *Voices from Fairyland* [*Vozes da terra das fadas*], antologia de poemas de 2008 que inclui ensaios críticos e uma seleção de seus próprios poemas. Finalista dos prêmios Nebula, Crawford, Locus e Mythopoeic, a autora integrou a lista de honra do prêmio Tiptree. Suas obras foram incluídas diversas vezes em antologias de "Melhores do Ano". Theodora Goss vive em Boston, onde leciona literatura e criação literária na Universidade de Boston.

Editora: Flavia Lago
Editora assistente: Marcia Alves
Tradução: Fernanda Abreu
Preparação: Anita Silveira
Revisão: Luciana Araujo
Projeto gráfico: Katie Hatz
Ilustrações: Scott McKowen
Ilustração de capa: Sandro Castelli
Diagramação: Pamella Destefi

www.vreditoras.com.br

Rua Coronel Lisboa, 989 – Vila Mariana
CEP 04020-041 – São Paulo – SP
Tel./Fax: (55 11) 4612-2866 • editoras@vreditoras.com.br

ISBN 978-85-7683-499-1

1ª reimp., fev/2015

Dados Internacionais de Catalogação na Publicação (CIP)
(Câmara Brasileira do Livro, SP, Brasil)

Goss, Theodora
A rosa e o espinho / Theodora Goss; ilustrações Scott McKowen; tradução Fernanda Abreu. — São Paulo: V&R Editoras, 2013.

Título original: The thorn and the blossom: a two-sided love story
ISBN 978-85-7683-499-1

1. Ficção norte-americana I. McKowen, Scott. II. Título.

13-04457 CDD-813

Índices para catálogo sistemático:
1. Ficção: Literatura norte-americana 813

Clicou em Enviar, terminou de tomar seu café e pensou: *Vou subir a colina. Não vou lá desde que voltei para Clews.* O dia estava ensolarado, o primeiro dia realmente quente do verão. Ficaria em pé entre as pedras, olhando na direção do mar e se lembrando dela, com os cabelos agitados pelo vento, igualzinho ao seu sonho. Ela lhe responderia, tinha certeza. Precisava responder. E então... será que ele voltaria para Coleville? Será que a convenceria a ir para a Cornuália? Não sabia, mas pela primeira vez desde o retorno sentiu-se esperançoso.

Não viveriam felizes para sempre, pois ninguém vive. Mas estariam juntos, e isso bastava.

Sim, era isso. Era esse o tom, o ritmo que estava procurando.

No dia em que terminou o manuscrito, comemorou com um copo do Glenlivet do pai. No dia seguinte iria à cidade e mandaria um e-mail para Peter Cargill, da editora Arundell Press. Sabia que eles tinham uma linha de livro infantis e Peter poderia ajudá-lo a fazer o manuscrito chegar às mãos do editor certo.

Naquela noite ele voltou a sonhar, pela primeira vez desde que voltara à Cornuália. Sonhou que estava em pé no alto do morro, entre as pedras verticais. E lá em cima, entre ele e o mar, estava Elowen. Não, não era Elowen; era Evelyn, de calça jeans desbotada e cardigã cinza. *Evelyn*, chamava ele. *Evelyn!* Mas ela não o escutava e virava as costas. *Evelyn!*, gritava ele desesperado.

Acordou antes de o dia raiar. Será que ir embora de Coleville tinha sido o pior erro de sua vida? Se tivesse esperado, tentado entrar em contato com ela no dia seguinte ou mesmo no mês seguinte — se tivesse simplesmente lhe dado um pouco de tempo —, será que ela teria voltado para ele? Teria ela lhe dito que entendia? Ele não sabia. *Mas preciso tentar*, pensou. Depois de tomar café e uma chuveirada que o deixou se sentindo melhor e caminhou até a cidade.

Embora detestasse fazer isso, entrou na nova livraria, que tinha um café e uma rede de internet sem fio gratuita. Primeiro mandou o manuscrito para Peter. Em seguida, escreveu para Evelyn. Ainda era capaz de digitar o endereço dela automaticamente, sem pensar. *Minha querida Evelyn, escreveu. Eu sinto muitíssimo. Por favor, diga que consegue me perdoar. Ou então, se não conseguir, por favor, escreva-me assim mesmo para me dizer por quê. E sinta-se à vontade para me xingar de todos os nomes que quiser. Quanto mais nomes, melhor, pois assim terei notícias suas. Com amor sempre, Brendan.*

Quando Evelyn finalmente chegou à hospedaria, estava cansada, suja e faminta.

— Você deve ser Miss Morgan — disse a mulher que ela supôs ser Mrs. Davies, esposa do proprietário. — Chegou tarde, querida.

Evelyn simplesmente colocou o cartão de crédito sobre o balcão. Ela não estava com a menor vontade de explicar que, devido a uma série de indicações equivocadas, acabara pegando o trem errado e tivera de fazer todo o caminho desde Portsmouth de ônibus. Era um ônibus muito lento, que havia quebrado duas vezes. Na primeira vez, enquanto esticava as pernas à espera do homem que viria trocar o que fora descrito como um cabeçote queimado, havia tropeçado e caído em uma vala, o que explicava porque sua calça jeans estava dura de lama até os joelhos. Os estudantes que viajavam no ônibus tinham achado uma graça enorme no tombo, sobretudo porque Evelyn era americana. Quando contou que era de Boston, eles perguntaram se ela conhecia algum jogador do Celtics.

— Pus você no quarto da frente, querida. Vai dar para sentir a brisa do mar. Quer que eu leve alguma coisa para você comer? Guardei alguns *pasties* de maçã.

O que quer que fossem *pasties* de maçã, soava como alimento.

— Quero sim, por favor — respondeu Evelyn. E pegou a mochila do chão. Mrs. Davies carregou sua mala e a conduziu por um estreito lance de escadas até o andar de cima. O quarto da frente era pequeno, mas a cama exibia uma pilha grande formada por edredom e travesseiros. *Uma cama*, pensou Evelyn. *Por que ninguém nunca me disse como uma simples cama pode ser divina?* Quando Mrs. Davies voltou com um prato de *pasties* de maçã e um copo de leite quente, ela já estava dormindo.

Na manhã seguinte, acordou com o som das gaivotas. A janela estava aberta e ela podia mesmo sentir a brisa do mar. Há muito tempo não sentia aquele cheiro, desde sua última visita a Martha's Vineyard com a família. Ultimamente, ela procurava evitar essas férias em família. Toda a sua família perguntava quando ela iria se inscrever na faculdade de direito, pois todos partiam do princípio de que ela fosse trabalhar no escritório do pai. Ele já até lhe oferecera um cargo no Morgan & Leventhal Advogados Associados — onde poderia ficar de olho na filha.

Alguém bateu na porta.

— Está acordada, querida? — Evelyn respondeu que sim e Mrs. Davies entrou trazendo uma bandeja. — Pensei que fosse gostar de um café da manhã típico da Cornuália. Ou você é uma daquelas americanas que só bebem café preto?

Evelyn não era uma dessas americanas. Pelo visto, um café da manhã típico da Cornuália consistia em espessas torradas besuntadas de manteiga e mel, dois ovos, e a melhor salsicha que ela já tinha provado na vida. O chá estava forte e bem doce.

Depois de um banho demorado em uma banheira de estilo vitoriano que devia ocupar o pequeno banheiro há uns cem anos, com uma água quente que era quente de verdade — a água de seu alojamento em Oxford nunca esquentava o suficiente —, Evelyn se sentiu viva outra vez.

— Estava pensando em conhecer a cidade — disse ela a Mrs. Davies depois de descer correndo a escada, de um jeito muito diferente de como a subira arrastando os pés na noite anterior.

— Bem, Clews é uma cidade bem pequena — retrucou Mrs. Davies em tom hesitante. — Não sei se temos muitas coisas que possam agradar a uma jovem como você. Você pode descer até o

Depois de terminar a primeira versão, Brendan comprou um laptop de segunda mão na loja de computadores. Todas as noites, depois de um longo dia no mar, sentava-se à mesa da cozinha e punha-se a digitar, tentando contar a história do jeito que o pai costumava lhe contar. Tentava escrever uma história que as crianças quisessem ler.

E então Magill e Magog rugiram de fúria, até que as nuvens tremessem. Mas Elowen ergueu a mão e lançou o feitiço mais poderoso que conhecia. "Virem pedra!", gritou, e os gigantes ficaram cinzentos e duros. Ela os havia transformado em pedra. Gawan brandiu a espada e cortou suas cabeças. Estas rolaram morro abaixo, e ainda é possível vê--las quando se vai à Cornuália, pedras cinzentas que parecem cabeças de gigantes.

Foi quando Gawan se virou e viu Elowen caída no chão. Ajoelhou-se ao seu lado, levantou sua cabeça e perguntou: "Por que está deitada assim, meu amor?".

"O feitiço foi forte demais para mim", respondeu ela. "Vou morrer, Gawan. Mas vou reencontrá-lo. Em outra vida nós ficaremos juntos, mesmo que nesta não possamos ficar."

"Não ficarão!", exclamou Morva. "Não durante mil anos. Vocês mataram meu pai e meu irmão, e portanto eu a amaldiçoo, rainha da Cornuália. Não poderá ficar com seu amado até que mil anos tenham se passado." Depois de lançar seu feitiço, ela bateu palmas e desapareceu em meio a chamas e fumaça.

e a secou com um pano de prato, fazendo questão de não pensar na carta. Tentava se concentrar no livro que queria escrever. Sim, era isso que faria.

Quando chegou à cidade, percebeu que era bom ter algo em que trabalhar outra vez.

porto para ver os barcos de pesca, embora a esta hora a maioria já tenha saído para o mar. Há também a igreja que existe desde a época dos normandos. E, claro, há o círculo de pedras da Gawan's Court. Esses são os lugares que a maioria dos turistas costuma visitar.

— Eu não sou propriamente uma turista — disse Evelyn. Durante todo o semestre que passara em Oxford, sentira-se uma forasteira. Não queria se sentir uma forasteira ali também. — Minha família é daqui. Era, quase cem anos atrás. Meu sobrenome é Morgan.

— Bem, nesse caso talvez queira visitar o cemitério da igreja — disse o homem de macacão que havia acabado de entrar. *Ele deve ser Mr. Davies*, pensou Evelyn. — Os grupos que estudam genealogia costumam ir para lá. É possível que encontre seus antepassados, senhorita.

— Ah, por favor, podem me chamar de Evelyn — pediu ela. — Há mais alguém hospedado aqui?

— Só a senhorita. Não estamos na temporada, sabe? Minha esposa e eu ficamos surpresos ao saber que uma jovem hóspede americana pretendia ficar uma semana.

Não mais surpresos do que a própria Evelyn tinha ficado ao dar o telefonema. Fora logo depois da palestra com o professor Lambert. Ela voltara para seu quarto no alojamento, deitara-se na cama sem nem mesmo tirar o casaco e ficara encarando o teto.

— O que deu em você? — quisera saber Chloe, sua colega de quarto. Na verdade Chloe se chamava Lady Chloe Spencer-Morecott, embora fosse a pessoa menos parecida com uma lady que Evelyn já conhecera.

— Ele disse que seria bom eu escrever sobre outra coisa que não fadas — ela ainda podia escutar as palavras do professor Lambert.

Poesia é sobre o que é real, Miss Morgan. Não essa bobajada fantasiosa.

— Que imbecil — dissera Chloe. — Até Shakespeare escrevia sobre fadas.

— Sim, mas esse imbecil é também um poeta premiado. Talvez meu pai tenha razão, talvez eu deva mesmo cursar direito — *Sua imaginação é muito fértil, Evie*, sua mãe costumava dizer, e com um tom que não era nada elogioso. Parecia que ninguém queria que ela tivesse imaginação: nem sua mãe, nem o dr. Birnbaum, nem o professor Lambert.

— Sabe do que você precisa? — havia dito Chloe. — Sair de Oxford. O seu voo para casa é só daqui a uma semana, não é? É simples: basta escolher um lugar e ir. Vai ser bom para você.

A verdade é que Chloe costumava estar certa. Assim, Evelyn escolheu um lugar e foi.

Mas por que a Cornuália? Talvez pelo simples fato de que sua família viera de Clews. Mais tarde, ela iria ao cemitério ver ser havia algum Morgan enterrado lá. Naquela manhã, porém, queria seguir em qualquer direção que seus pés a levassem.

Pegou emprestado com Mr. Davies um mapa da cidade e saiu, descendo primeiro até o porto para ver a água bater nos costados das embarcações que não haviam saído para o mar nesse dia, os homens fazendo reparos ou gritando uns para os outros coisas que ela não entendia, coisas que certamente eram relacionadas à pesca. Depois subiu a rua principal, passando pelo pub e pelas lojas que vendiam tabaco, lã para tricô e antiguidades. Parou para olhar as vitrines do antiquário: cães de porcelana, colheres de prata, uma coleção de bengalas. Foi então que viu o nome refletido na vitrine: THORNE & FILHO, LIVREIROS.

Uma sineta tocou quando ela abriu a porta da livraria, mas

carta? Como a carta podia ter ido parar dentro da escrivaninha? Mas o carimbo dos correios... A carta fora enviada anos atrás, um mês antes da morte de seu pai. Com muito cuidado, ele abriu o envelope e removeu uma única folha de papel grosso cor creme, com o monograma *ERM* inscrito no alto. Com uma caligrafia não muito caprichada, ela havia escrito:

Querido Brendan,

Sinto muito, muito mesmo pelo que aconteceu naquele dia. Eu vi uma coisa... nunca falei para você, mas eu às vezes vejo coisas. Cem anos atrás, as pessoas teriam chamado isso de premonição. Posso contar os detalhes se você quiser, embora não goste muito de falar no assunto. Me perdoa? Se me perdoar, por favor responda a esta carta. Gostaria muito de ter notícias suas.

Com amor, Evelyn

Sua mão tremia. O que significava aquela carta do passado? A sensação que ele tinha era de que ela estava lhe falando de outra época. Mas é claro que não. Aquela era a carta que ela comentara ter mandado, e o fato de ele a ter encontrado agora era mera coincidência. Perguntou-se a que ela estaria se referindo, o que quisera dizer com "ver coisas". Mas a carta não tinha nada a ver com o que havia acontecido em Coleville. Aquilo fora por causa de Isabel, porque ele não havia contado a Evelyn quando deveria. Porque escondera a verdade da mulher que amava e com quem queria passar o resto da vida. Devolveu a carta sobre a escrivaninha.

A gaveta continha umas duas canetas com cara de que talvez ainda funcionassem, mas nenhum papel. Teria de ir à cidade comprar. Antes de sair, deu um jeito na casa: lavou a louça que estava na pia

Quando o inverno chegou, cortou lenha para o fogão e começou a ler os livros que havia lido quando criança. Esquecera-se do quanto significavam para ele. Sempre que pensava em Evelyn, cortava mais lenha ou saía para caminhar pela floresta, torcendo para que o esforço físico ajudasse. E de fato ajudava, pelo menos provisoriamente, embora ele nunca conseguisse mantê-la afastada dos pensamentos por muito tempo.

A ideia lhe ocorreu certo dia de manhã, quando estava na mesa da cozinha tomando seu café da manhã que consistia em fígado acebolado. Escreveria um livro. Não um livro acadêmico. Não. Já havia um número suficiente de livros assim. Seria um livro sobre cavaleiros, sobre gigantes e amor: *O conto do Cavaleiro Verde*, só que para crianças. Precisava anotar aquelas ideias. Havia deixado o laptop em sua sala de Bartlett; de toda forma, era um equipamento da universidade, e ele já havia passado vários meses muito bem sem ele. Mas precisava de papel e caneta. Devia haver papel e canetas na escrivaninha de seu pai. Foi até o escritório e abriu a gaveta da escrivaninha.

Depois da morte do pai, nunca mais havia tocado naquele móvel; quisera deixar tudo como estava. Simplesmente fora embora. Parecia estranho agora examinar os resquícios da vida do pai. Havia apenas papéis soltos, recibos de livros que o pai comprara, contas que ele devia estar pretendendo pagar, listas de compras. Em um dos cantos havia uma foto da mãe de Brendan sobre uma pilha de cartas escritas por ela, e provavelmente enviadas antes do seu casamento. Iria lê-las, mas não agora. No alto do que parecia um registro de vendas, havia outra carta, com um bilhete escrito a lápis: *Encaminhar para Brendan*. Era uma carta de Evelyn.

Sentiu uma vertigem súbita, como se estivesse olhando para baixo de um lugar muito alto. Como ela podia ter lhe mandado aquela ninguém apareceu. Tudo o que pôde ver foram estantes do chão até o teto, velhas estantes de madeira repletas de livros, que pareciam estar ali há pelo menos um século. Não havia *best-sellers* modernos nem livros mais atuais de culinária ou manuais de decoração. Aqueles livros tinham ou lombadas de couro com títulos em dourado, ou então aqueles tipos de capas cartonadas, outrora comuns, com as ilustrações gravadas em relevo na superfície. Até mesmo as poucas brochuras das estantes pareciam antigas, com as capas decoradas em estilo *art déco*.

Ela pegou um volume encadernado em couro de uma das prateleiras e o levou ao nariz. Sim, ali estava ele: o aroma embriagante de livros antigos. Esse era um dos motivos pelos quais quisera estudar literatura em vez de entrar para a faculdade de direito.

— Está procurando alguma coisa em especial? — ele era alto, estava usando uma camiseta desbotada e uma calça jeans, e mais parecia um pescador do que alguém que ela imaginasse encontrar trabalhando em uma livraria. Reparou nos fartos cabelos castanhos que precisavam de um corte, e nos olhos encantadores.

Evelyn deu um passo para trás, assustada.

— Desculpe. Tome aqui — entregou o livro a ele. — Estava só dando uma olhada.

Ele sorriu.

— É permitido olhar os livros, sabia? Estamos em uma livraria — ele fez um gesto em direção às estantes antes de prosseguir. — Imagino que você não seja daqui.

Ela riu, em parte por alívio.

— O que me denunciou? O sotaque?

— Sim, e eu já conheço todas as garotas bonitas de Clews. Mas de onde você é?

Ela sentiu que seu rosto começava a corar. Que constrangimento. Não que nunca recebesse elogios, mas é verdade que eram raros. Os rapazes com quem saíra em Harvard não eram exatamente românticos. Todavia, ela não deixaria que ele percebesse isso.

— De Boston. E não, não conheço nenhum jogador do Celtics.

Ele riu.

— Já visitou a cidade? Se já subiu a rua principal, imagino que sim. Não há muitas outras coisas para ver além disso, com exceção da Gawan's Court.

—Mrs. Davies mencionou... como é mesmo o nome?

— Ah, está hospedada na Giant's Head? Não que haja outro lugar para se hospedar em Clews. Vamos à Gawan's Court, então. São só alguns quilômetros. Topa uma caminhada?

Ela topava, mas hesitou.

— E a loja? Não tem problema você sair?

— A loja se cuida sozinha. De toda forma, estamos fora da temporada. Ninguém vem a Clews fora da temporada.

A não ser americanas malucas, pensou Evelyn. Aquele era exatamente o tipo de situação com a qual seus pais ficariam preocupados. Se soubessem que ela estava ali, ligariam para dr. Birnbaum e perguntariam se ela deveria retomar a medicação.

— De toda forma, papai foi a Londres para uma feira de livros antigos. O "filho" de Thorne & Filho sou eu. Brendan Thorne, a seu dispor.

— Evelyn Morgan. Certo, mas onde fica mesmo essa Gawan's Court?

Embora Brendan não tivesse pedido nada, Mrs. Ross depositou na sua frente uma grande tigela de sopa de peixe.

— Coma, querido — disse ela. — Está com cara de quem precisa comer.

— Quer dizer que estão precisando de tripulantes para os barcos? — indagou ele. — Que tal eu?

Jory ergueu os olhos e o encarou por um instante.

— É, você daria para o gasto. Acha que consegue acordar cedo o suficiente?

Brendan riu pela primeira vez em muitos dias.

— Acho que sim.

Assim que possível, ele foi cortar os cabelos — não no salão, pois nenhum dos pescadores ia lá. Em vez disso, Gwenna, mulher de Jory, passou a máquina em sua cabeça. Quando ela terminou, ele se olhou no espelho do banheiro e passou a mão pelo que parecia um áspero arbusto. Já não tinha mais o aspecto do professor Brendan Thorne. Pela primeira vez desde que saíra de Oxford, sentia-se como pertencente a Clews, a bordo de um dos barcos de pesca ou sentado no pub. Isso lhe deu uma sensação de pertencimento que não experimentava havia muito tempo.

Pescar o mantinha ocupado e lhe proporcionava uma renda. Quando não estava no mar, trabalhava na casa do pai: remendou os buracos que encontrou no telhado, limpou o mato que havia crescido ao redor. A casa ficava meio fora da cidade, na beira da floresta, e ele passou a apreciar o silêncio. Podia ouvir pássaros e esquilos. E, às vezes, se passasse tempo suficiente sentado sem se mexer, uma raposa saía da floresta e se punha a encará-lo, com o pelo vermelho a se destacar bem vivo contra os troncos das árvores.

Brendan nunca chegara a vender a casa do pai, e agora sentia-se grato por isso. Reabriu a casa, pendurou suas roupas no armário, sentou-se à mesa da cozinha e perguntou-se o que iria fazer com o resto de sua vida. Tinha largado o emprego que passara tanto tempo batalhando para conseguir. E agora estava ali, de volta ao ponto de partida. Na mesma casa em que seu pai havia lhe contado histórias sobre Gawan e os gigantes.

Teria feito as escolhas erradas? Será que deveria ter ficado trabalhando na livraria e assumido o negócio do pai em vez de fazer pós-graduação e estudar literatura? Não sabia.

Sua barriga roncou, lembrando-lhe de que não comia nada desde o almoço no avião. Foi à cidade e desceu até o porto para olhar os barcos de pesca. Quando estava apoiado na mureta do cais, seu celular tocou. Ele verificou o número. Era do departamento de língua inglesa outra vez. Disse um palavrão entre os dentes, e jogou o aparelho no mar, o mais longe que conseguiu.

Clews havia mudado desde sua última visita. A barbearia em que ele cortara os cabelos pela primeira vez era agora um salão de beleza; onde outrora ficava a tabacaria havia agora uma loja de computadores. Quando ele entrou no pub, contudo, Mrs. Ross o cumprimentou como sempre, e alguns dos rapazes que ele conhecia dos tempos de escola estavam lá, sentados ao redor das mesas tomando suas cervejas.

Conversavam sobre como era difícil encontrar homens para tripular os barcos de pesca.

— Hoje em dia todos os caras querem ir para a universidade como você fez, Brendan — falou um deles. Qual era mesmo o seu nome? Jory Hammett. Estava um ano atrás de Brendan na escola, e fazia parte de todos os times esportivos.

Ficava no alto de uma colina. Depois de subirem a encosta íngreme, Evelyn estava com a respiração acelerada, embora a subida parecesse não ter surtido qualquer efeito em Brendan. Ao longo do último trecho, ele teve que ajudá-la puxando-a pela mão.

— Se você tivesse crescido aqui já teria se acostumado — disse ele.

Evelyn se concentrou para não escorregar. Podia imaginar a manchete: "Americana morre ao tentar subir colina na Cornuália". O que sua mãe diria? *É exatamente o tipo de coisa que Evie faria. Ela nunca pensa no trabalho que pode dar aos outros.* Ao imaginar a voz da mãe falando com os outros integrantes de algum grupo de caridade com o qual estivesse almoçando no dia, Evelyn quase soltou uma gargalhada. Mas lá estavam eles no alto da colina.

— Nossa! — exclamou ela. A primeira coisa que viu foi um círculo de pedras verticais. Tinham o dobro da sua altura. A maioria estava em pé, mas algumas haviam tombado e a grama crescia pelas laterais. Além do círculo, o mar cintilava. Exceto pelo canto dos pássaros, o silêncio era absoluto.

— Existe uma lenda sobre este lugar — disse Brendan. Ela viu que ele estava satisfeito com a sua reação. — Um dia, Arthur e seus cavaleiros estavam no meio de um banquete em Camelot quando uma dama chegou à corte. Era Elowen, rainha da Cornuália. Ela disse a Arthur que o país estava assolado por gigantes, e perguntou se algum cavaleiro da Távola Redonda seria corajoso o suficiente para ir com ela até a Cornuália combatê-los. Os gigantes estavam sendo auxiliados por uma feiticeira chamada Morva, filha de Magill, líder dos gigantes. A maioria dos cavaleiros se mostrou disposta a encarar os gigantes, mas eles não sabiam o que poderia um cavaleiro contra uma feiticeira. Gawan, porém, que havia se apaixonado à primeira vista por Elowen, ofereceu-se imediatamente. Juntos os dois combateram os gigantes, pois a própria Elowen também era feiticeira. Parece que, na época, a maioria das rainhas era feiticeira. Para proteger Gawan dos poderes de Morva, ela lhe deu uma armadura mágica feita de metal verde em forma de folhas — Brendan sentou-se sobre uma das pedras tombadas. — Está achando a história chata?

— Nem um pouco — respondeu Evelyn. — Fiz uma cadeira de literatura medieval em Oxford. Lemos *Sir Gawain e o Cavaleiro Verde*, mas essa história parece diferente.

— Oxford? — comentou ele. — Impressionante!

Evelyn sentou-se na pedra ao seu lado. *Bonita e impressionante!* Bem, ela estava mesmo com tudo hoje. Não conseguia parar de sorrir.

— Sim, é uma história diferente — confirmou ele. — Essa que estou contando foi escrita na Cornuália por volta do século XIII. É uma espécie de epopeia em córnico medieval. Foi traduzida para o inglês no século XIX, mas ainda é desconhecida fora desta região. Meu pai costumava contar essa história quando eu era menino.

— Mas o que aconteceu? Eles venceram?

— Ah, sim. Os gigantes se reuniram nesta colina e cercaram Gawan e Elowen. Gawan lutou com bravura, mas nem mesmo ele conseguia derrotá-los sozinho. Por fim, temendo que ele fosse vencido apesar de estar usando a armadura mágica, Elowen lançou um feitiço. Era o feitiço mais forte que conhecia, que transformou os gigantes em pedra. Gawan então cortou suas cabeças. Dizem que uma delas foi parar em Clews, exatamente onde hoje fica a hospedaria Giant's Head. Há uma pedra no jardim que, segundo Mrs. Davies, é a cabeça do gigante. Mas depois de cortar todas as

— Evelyn — disse ele.

De repente, ela levou a mão ao próprio peito. Seus olhos se arregalaram e ela encarou Isabel deitada na cama, rodeada pelo emaranhado de tubos. Então deu as costas e saiu correndo. Ele saiu em disparada atrás dela pelo corredor até a recepção, depois pelas portas de vaivém da frente do hospital. Ela estava em pé junto a um táxi que acabara de desembarcar uma paciente de cadeira de rodas. Brendan parou, ofegante, e viu Evelyn entrar no táxi.

Ela olhou uma vez para trás enquanto o táxi se afastava. Ele continuou a fitá-la, sem saber o que fazer a não ser ficar parado ali.

— Professor Thorne!

Ele se virou. A enfermeira estava em pé do outro lado das portas de vaivém, chamando-o.

Ele tornou a entrar e foi até ela.

— Professor Thorne, sua esposa parou de respirar. Achamos que talvez seja o coração, algum tipo de falência cardíaca. Os médicos estão cuidando dela agora.

Ele seguiu a enfermeira até a recepção.

— Espere aqui, sim?

— Está bem — respondeu ele. E sentou-se para esperar, segurando a cabeça com as mãos. Quando os médicos vieram lhe dizer que não havia mais nada a ser feito, meneou a cabeça, levantou-se e saiu do hospital. Na manhã seguinte, ligou para o departamento e pediu as contas para Michael Fitch, deixou um bilhete para a proprietária de sua casa e arrumou uma mala.

Em uma só noite, havia perdido as duas. Nada mais o prendia àquele lugar.

para ela, não diretamente, mas por omissão. Como desejava poder voltar atrás, nem que fosse apenas um dia, para poder lhe contar. Mas essa possibilidade não existia. O tempo era assim, linear; nunca voltava atrás. Quando você perdia alguma coisa, não era possível recuperá-la. Assim era a vida. Com raiva de si mesmo, dirigiu mais depressa do que deveria.

Na recepção, a enfermeira disse:

— O horário de visitas já acabou, professor Thorne.

— Por favor — pediu ele. — Posso entrar só um minutinho?

A enfermeira aquiesceu, e ele foi descendo o corredor enjoativamente cor-de-rosa até a unidade de cuidados prolongados, com Evelyn a segui-lo de perto. Não olhou para trás; não conseguia olhar para ela.

Abriu a porta, andou até um dos dois leitos e disse:

— Aqui está ela. Esta é Isabel.

Evelyn ficou parada encarando a outra mulher. Brendan sabia que deveria dizer algo, que deveria explicar. Devagar, fazendo várias pausas, contou-lhe sobre o acidente.

— A estrebaria chamou uma ambulância, mas quando chegaram ao hospital ela já estava em coma. Desde então, continua assim. Os médicos dizem que não há esperança, que ela nunca vai se recuperar. Mas eu não consigo ter forças para desligar os aparelhos.

Ele segurou a mão dela.

— Desculpe não ter contado antes. Achei... — ele achara que iria perdê-la outra vez, e não conseguira suportar isso. — Eu queria tanto ficar com você. Achei que se você soubesse, jamais me daria uma chance. Evelyn? Diga alguma coisa.

Ela se aproximou e tocou a mão de Isabel. Brendan fitou seu rosto. Evelyn não parecia zangada. Não, ela parecia triste, e por um instante ele pensou: *Vai ficar tudo bem.*

cabeças de pedra, Gawan percebeu que Elowen estava desfalecida. O feitiço tinha roubado toda a sua força e ela estava à beira da morte. Elowen prometeu a ele que tornariam a ficar juntos, que a morte não conseguiria derrotar seu amor. Só que Morva também tinha se apaixonado por Gawan e era imune ao feitiço de Elowen. Ao vê-los trocando juras de amor, ela soltou um grito de raiva e lançou sua maldição: Elowen teria de passar mil anos longe do homem que amava. Em seu último suspiro, Elowen disse a Gawan que tornaria a ficar com ele novamente passados os mil anos:

Tenha paciência, meu amor, e tornaremos a nos encontrar
tão certo como as rosas selvagens têm seus espinhos,
os penosos anos acabam por passar.

— A tradução não é lá essas coisas. Muito vitoriana — completou ele.

— Que horror! — exclamou Evelyn. — Não a tradução, mas a história. Mil anos separados!

— Bem, depois disso ela podia ter certeza de que ele a amava de verdade — os olhos de Brendan se perderam em direção ao mar, e uma expressão séria dominou seu rosto. Ah, ele era um tipo romântico!

— Imagino que sim — disse Evelyn. — Mas quem quer esperar tanto assim por um namorado?

— Nossa! Quanto desprezo! Tipicamente americana — ele se levantou. — Vamos, vou levá-la ao pub para provar a verdadeira cidra da Cornuália.

— Não tenho nada de tipicamente americana! — protestou ela. — Eu sou só... eu mesma — Ela também se levantou, olhou pela última vez para a Gawan's Court e seu círculo de pedras verticais. A caminhada sem dúvida tinha valido a pena.

Evelyn começou a ficar preocupada por estar passando tanto tempo com Brendan. Não tinha ido a Clews para descansar, se encontrar ou algo assim? Ao invés disso, parecia estar se perdendo. E apesar de não gostar da preocupação do pai, da forma como ele sempre tentava protegê-la do mundo, sabia que se perder não era algo que queria fazer — não outra vez. Embora não tivesse um episódio há anos…

Era assim que sua mãe dizia: "Um episódio".

Tudo havia começado quando Evelyn era criança. Certo dia, ela dissera à Consuela, a empregada, que via fadas no jardim. Pequenos seres verdes e marrons com asas parecidas com as de um inseto. Sua mãe tratou aquilo como fantasias de criança. No entanto, à medida que fora crescendo, Evelyn continuava a ver as criaturas: mulheres de longos cabelos cor de folha que viviam nas árvores, um homem no rio que a fitava com olhos de peixe. Quanto mais ela entendia que ninguém mais as via, mais amedrontada ficava. Tinha oito anos quando seus pais a levaram para a primeira consulta com dr. Birnbaum. Ele havia lhe receitado remédios e estes fizeram com que as fadas desaparecessem — até ela completar quinze anos e ele suspender a medicação, uma vez que pensara que provavelmente ela já houvesse superado o que quer que fosse aquilo. Um dia, uma das professoras de Wallingford, escola para meninas onde Evelyn estudava, encontrou-a soluçando no banheiro e insistindo que havia duendes na floresta ao redor da escola. À época, dr. Birnbaum mandara interná-la. Ela havia passado uma semana no hospital. Quando voltou à escola, todos os cadernos em que escrevia poemas e em cujas margens desenhava duendes e fadas haviam desaparecido. Sua imaginação é muito fértil, Evie, dissera-lhe sua mãe. *Acho que já está na hora de começar a se concentrar no mundo real, você não acha?*

publicados, além de uma porção de resenhas. Michael me disse que o departamento esperava mais de mim. Mas o que vou fazer? Escrever artigos só para tranquilizar o chefe do departamento? Editar um número especial? O problema, Evie, é que eu acho que dou mais importância à literatura do que à academia. A revista *Estudos medievais* me pediu para escrever sobre o código cavalheiresco de *O conto do Cavaleiro Verde*. Não estou nem aí para esse código cavalheiresco! No que me diz respeito, o poema fala sobre decapitar gigantes.

— E sobre amor eterno — disse ela, sorrindo. — Não se esqueça do amor eterno.

— Como em *Pensamentos verdes*. Sabe, por trás dessa fachada prática, acho que você é uma romântica incurável.

Certa noite, porém, sentada em sua sala diante de uma pilha de provas, ela parecia bem prática.

Levantou os olhos e perguntou:

— Por que você não me contou sobre a sua mulher?

Ele ficou alguns instantes em silêncio. O que poderia dizer?

— Certo. Venha, vamos.

— Aonde?

— Venha comigo e pronto, pode ser?

Ele se virou e desceu o corredor até o estacionamento. Podia ouvir os passos dela logo atrás de si. Os dois entraram no carro sem dizer nada. Ele percorreu as ruas que tanto conhecia até chegar ao Centro Médico do Condado de Henrico. Sempre que olhava para Evelyn, ela estava olhando pela janela. Quase na metade do caminho, ela perguntou:

— Para onde estamos indo?

— Visitar minha mulher — respondeu ele. Assim que ela havia lhe perguntado sobre Isabel, ele soube que iria perdê-la. Tinha mentido

— Evelyn? Já acabou por hoje?

Fazia um mês que os dois eram um casal, embora ele ainda não tivesse informado Michael Fitch. Sabia que teria de fazê-lo. A universidade tinha regras sobre relacionamentos entre funcionários. Mas não quisera contar a ninguém até agora para não perturbar o delicado equilíbrio de sua relação. Não sabia bem por quê, mas ainda pensava em Evelyn como alguém que poderia desaparecer. Parecia-lhe tão mágico tê-la reencontrado, ter reencontrado a felicidade com ela.

De manhã os dois sentavam juntos na sala da casa dela, tomando café e repassando as aulas que haviam preparado. Ele fazia alguma piada sobre Chaucer, e ela lhe pedia para não fazer piadas enquanto ela estivesse bebendo, porque, caso risse, o café subiria pelo seu nariz.

Ele lhe dera um exemplar de sua tradução publicada pela Arundell Press, e gostava de ver o livro em sua estante. Aquilo lhe dava a sensação de ter se tornado parte da vida dela. Durante o dia, os dois passavam na sala um do outro para saber como tinham sido as aulas, almoçavam debaixo de uma árvore em algum lugar do campus, dividiam pedaços de seus sanduíches com os esquilos.

À noite, acomodavam-se diante da lareira para tomar vinho. Já fazia frio o suficiente para Brendan acender o fogo. E conversavam, principalmente sobre os poemas que Evelyn queria escrever, pois ela ainda não havia começado a preencher o caderno que ele lhe dera de presente. Era muito difícil se concentrar em poesia enquanto se corrige provas de alunos, dizia. Falavam também sobre o artigo que ele precisava terminar antes do Natal.

— Tenho que escrever alguma coisa — ele lhe dizia. — Olhe só para mim, professor titular, com uma tradução e um artigo

Ela havia se concentrado no mundo real do ensino médio, em seguida no de Harvard. Quando dissera aos pais que queria estudar literatura, sua mãe a encarou com evidente reprovação e seu pai lhe perguntou se ela havia pensado em relações internacionais. Mas desde então não houve nenhum episódio. Dr. Birnbaum havia inclusive tornado a suspender sua medicação. Evelyn nunca havia tolerado bem os remédios. Ela sempre tinha enjoos, e ficou feliz por não ter mais de tomá-los, feliz por aquela provação ter chegado ao fim.

— Se ficar estressada, venha conversar comigo — dissera-lhe o médico. — Mas pode levar uma vida normal. Está bem, Evelyn? — era o que ela estava tentando fazer: levar uma vida normal. Só queria que as pessoas parassem de se preocupar com ela.

Brendan havia lhe dado um exemplar de *O conto do Cavaleiro Verde*, a tradução vitoriana do romance de Gawan e Elowen. O livro tinha uma capa dura verde estampada com trepadeiras em relevo dourado. A tradução era assinada pelo Reverendo Ewan Tregillis e o frontispício informava 1865 como data de publicação. Brendan tinha razão, não era exatamente poesia de grande qualidade. Mas era uma leitura divertida, ou pelo menos mais divertida do que os outros livros disponíveis no seu quarto: a *Bíblia do Rei Jaime* e *A observação de pássaros da Cornuália*.

Quando não estava com Brendan, ela se encontrava lendo. Um dia de manhã, enquanto o esperava para um passeio pela igreja normanda e seu cemitério, abriu um caderno que trouxera consigo, rabiscou as palavras PENSAMENTOS VERDES no alto da página e começou a escrever.

Pela primeira vez desde que o premiado poeta e professor Gerard Lambert havia lhe dito que sua poesia era uma bobajada fantasiosa, ela estava escrevendo um poema. Um poema longo, em forma de diálogo: Gawan falava com Elowen, e Elowen respondia. Falavam sobre renascer em épocas diferentes da história, sobre se encontrar sem que nunca pudessem ficar juntos. Alguma coisa sempre os separaria. Os dois viviam esperando um pelo outro, chamando um pelo outro anos afora.

(Gawan) Quando minhas mãos se estenderem
na escuridão, hão de encontrar as tuas
ou se fecharão no vazio?
(Elowen) Estende tuas mãos na escuridão,
amado meu. Ali estou,
ainda que não me sintas.

Era isso que havia acabado de escrever quando Mrs. Davies chamou.

— Seu rapaz chegou, querida!

— Ele não é meu rapaz — resmungou Evelyn. Deixou de lado o caderno, vestiu um cardigã, peça de roupa que havia descoberto ser sempre útil na Cornuália, e desceu correndo a escada.

— Está pronta? — indagou ele. Estava postado no pé da escada segurando uma cesta de piquenique. *Os cabelos dele são mesmo bonitos*, pensou Evelyn. Talvez não fosse tão ruim assim ter um "rapaz", como havia dito Mrs. Davies.

— Estou! Vamos visitar os mortos.

A igreja foi mais interessante do que ela imaginava, e eles de fato encontraram alguns Morgan no cemitério.

— Gwynne Morgan, Morwenna Morgan, Trevor Morgan. Que nomes incríveis. Eu deveria anotar, para o caso de ter filhos um dia — ela pôs-se a passear entre as lápides. — Não há nada depois do século XIX. Bem, acho que foi nessa época que eles

raio clareou o céu e atingiu uma das pedras verticais. Ele ergueu os braços como se assim pudesse se proteger e cambaleou para trás. E a chuva então desabou, uma chuva forte e cinzenta que o deixou encharcado em instantes. Ele olhou em volta — onde estava ela? A mulher tinha sumido.

uma paisagem que ele conhecesse desde sempre. Beijou-lhe os seios, a barriga, e ouviu-a gemer e sussurrar:

— Isso. Aí.

Quando a penetrou, foi como voltar para casa, como chegar ao lugar em que sempre deveria ter estado.

Depois ela dormiu abraçada com ele, enroscada em suas costas. Brendan ficou acordado no escuro pensando na própria vida e nas duas mulheres que havia amado. Pensou em Isabel: mulher vigorosa, de opiniões fortes. Tão cheia de vida até o acidente. Ele a amava mesmo quando os dois discordavam, o que acontecera com mais frequência do que gostava de recordar. Passara muito tempo chorando a sua perda. Ultimamente, porém, vinha sentindo a tristeza diminuir, como se uma corda amarrada em volta de seu coração houvesse afrouxado o nó. E agora tinha Evelyn, inteligente, poética, misteriosa. Brendan não achava que os dois um dia fossem ter as brigas épicas que costumava protagonizar com Isabel. Evelyn provavelmente guardaria as próprias opiniões para si, evitando discordar dele. Ele teria de garantir que ela dissesse o que pensava; sabia como podia ser prepotente às vezes. Mas podia vê-los juntos dali a muitos anos, envelhecendo lado a lado: lecionando, escrevendo, trabalhando no jardim. Seria uma vida boa.

Quando finalmente adormeceu, sonhou com a Gawan's Court. Nuvens escuras cobriam o céu, e ele sentia um vento frio mover suas roupas. Havia uma mulher em pé no meio das pedras: seus cabelos ruivos esvoaçavam ao vento, suas vestes brancas se agitavam e se erguiam. A mulher tinha os braços estendidos para ele. Sua boca estava aberta, ela estava dizendo alguma coisa, mas o vento fazia barulho demais para que ele conseguisse escutar. Um

foram para os Estados Unidos. Meu bisavô chegou antes da Primeira Guerra.

— Eu gostaria de conhecer os Estados Unidos — comentou Brendan.

— Ah, é? Por quê?

— Pela aventura. Deve ser fascinante morar em um país onde tudo é novo. Aqui, até hoje nós falamos em Gawan e Elowen. Aliás, espero que tenha gostado do livro.

— Gostei. Há vários trechos sangrentos, gigantes eviscerados e coisas do gênero. Sabe, se um dia você for, pode ficar na minha casa em Boston — ela se sentiu um pouco acanhada ao dizer isso, afinal fazia menos de uma semana que o conhecia. Mas a única reação dele foi sorrir de um jeito que seus olhos apertavam nos cantos. Ela estava começando a gostar daquele jeito que ele tinha de sorrir, como se o sorriso fosse um segredo que ele estivesse compartilhando com ela.

Naquela semana, eles saíram a bordo de um dos barcos de pesca e ficaram observando os pescadores capturarem peixes em redes imensas, com gaivotas voando em círculos no céu. Evelyn ficou orgulhosa por ter vomitado só uma vez. Eles fizeram longas caminhadas por Clews, visitaram fazendas onde experimentaram vários tipos de queijo. Ela o ajudou a catalogar livros, e ele riu de como ficaram ambos cobertos de poeira. Com o passar dos dias, ela foi ficando cada vez mais consciente de que sua visita estava chegando ao fim, de que teria de voltar para Oxford e depois pegar um avião para casa. Não queria deixar a Cornuália… ou Brendan.

No seu último dia em Clews, eles foram à Pengarth, cidade vizinha onde havia um antigo forte. Na manhã seguinte, ela pegaria o ônibus para Truro. Evelyn chegou a cogitar se não poderia ficar mais uma semana. Mas a passagem de avião já estava comprada há algum tempo, e o que seus pais pensariam? Ela e Brendan passaram a manhã andando pelas pedras do forte, em seguida foram almoçar no hotel.

Depois do almoço, ela perguntou se em vez de pegar o ônibus eles poderiam voltar para Clews pela floresta, a pé. Não queria que aquele dia chegasse ao fim.

— Há uma trilha que eu costumava fazer quando era criança — disse ele. — É bem fácil, embora haja alguns trechos com raízes expostas. Mas tem certeza, Evelyn? São cerca de onze quilômetros. Não acho que você esteja acostumada a caminhar tanto.

— Vou dar conta — retrucou ela, altiva. Por acaso tinha cara de quem não fazia exercício? Em Harvard, andava na esteira e se exercitava no ginásio Stairmaster.

Quando começaram o caminho de volta, ela teve certeza de que haviam tomado a decisão certa. A luz que descia por entre as copas das árvores inundava a floresta. Foi como adentrar uma imensa catedral verde.

Eles não andaram muito depressa, e fizeram pausas para observar frutos de carvalho de formatos inusitados, um esquilo vermelho agarrado a um galho que lhes lançou um guincho estridente, um sabiá que os encarou por alguns segundos antes de levantar voo.

Quando Brendan anunciou que estavam chegando a Clews, já começava a esfriar.

— Tome, pegue o meu casaco — disse ele. Evelyn o colocou por cima dos ombros. O casaco tinha o mesmo cheiro de Brendan, cheiro de livros antigos.

— Evelyn, eu gostaria de dizer uma coisa. Podemos sentar um instante? — sentaram-se em uma árvore caída coberta de musgo.

— Para os seus poemas — disse. — Só não vá prestar atenção em maldição nenhuma, está bem?

— "A maldição caiu sobre mim, exclamou a dama de Shalott" — disse ela. — Não acho que alguém me odeie o suficiente para me amaldiçoar. A menos que seja o aluno que eu talvez tenha de reprovar neste semestre!

Depois do museu ele a acompanhou até a varanda de sua casa.

— Evelyn, eu posso beijar você? — perguntou ele. — Estou me segurando, sabe? Com medo de que você saia correndo de novo.

— Eu não vou sair correndo — disse ela. — Prometo.

— Certo — Brendan levou a mão ao rosto dela, inclinou-se, e encostou os lábios nos dela. No início foi hesitante, esperando que ela fosse recuar. Mas ela não recuou.

Em vez disso, ela perguntou:

— Quer entrar?

Era agora. Ele tinha de lhe contar sobre Isabel. Já deveria ter contado antes, durante o jantar, em um daqueles intervalos que ocorrem até mesmo na melhor das conversas. Mas não dissera nada.

O rosto de Evelyn estava erguido, esperando uma resposta. Eles não haviam acendido a luz da varanda, e os olhos dela estavam escuros feito o mar. Brendan queria se afogar naqueles olhos.

— Quero entrar sim. Com certeza.

Ela se virou e abriu a porta. Ele subiu atrás dela pela escada estreita até o quarto. Lá voltou a beijá-la, no pescoço, nos ombros; desabotoou a blusa que havia passado o jantar inteiro pensando em desabotoar e jogou-a no chão. Não ia para a cama com ninguém desde o acidente de Isabel e pensou se iria se lembrar de como abrir um sutiã, de como fazer uma mulher sentir prazer. Mas os seus dedos se lembravam, e percorreram as curvas do corpo dela como se fossem

Mais duas semanas se passaram até que eles encontrassem tempo para um programa de verdade em Richmond. Enquanto isso, almoçaram e passearam juntos pelo campus. Ele estava começando a se perguntar se ela o considerava algo mais do que um amigo. Estava nervoso demais para perguntar, porém — ou para tomá-la nos braços e beijá-la, embora sempre que a visse pensasse em como seria isso. E depois ele se lembrava de como ela havia gritado e saído correndo.

Foram jantar cedo em um restaurante de Richmond. Ele teve medo de que a conversa pudesse ser canhestra, mas os dois falavam como se fossem velhos conhecidos. Ele lhe contou sobre a morte do pai e a venda da livraria.

— Sinto muito — comentou ela. — Deve ter sido difícil. Sabe, eu tentei mandar uma carta para você na livraria, acho que nunca chegou. Talvez tenha sido depois da morte do seu pai.

— Deve ter sido — disse ele. — Com certeza eu teria respondido, Evelyn.

— Quer dizer que não estava zangado? — perguntou ela. Estava tão linda sob a luz tremeluzente das velas. Ele se lembrou de como certa vez pensara nela: como a rainha Elowen pintada por John William Waterhouse.

— Eu jamais ficaria zangado com você — afirmou ele, segurando a mão dela em cima da mesa.

Em seguida foram ao Museu de Belas-Artes. Na lojinha de souvenirs, ele viu um caderno com uma reprodução de *A dama de Shalott* de Waterhouse na capa. A imagem o fez pensar tanto em Evelyn — os mesmos cabelos ruivos, o mesmo contorno da bochecha e do maxilar — que ele lhe comprou o caderno, apesar do tema triste.

— O que foi? — perguntou ela. Ele parecia um pouco embaraçado. Passou alguns instantes em silêncio antes de tornar a falar.

— Nos últimos dias, não sei se consigo explicar... — ele a encarou, parecendo não ter certeza de como continuar. De repente, levou a mão ao seu rosto, inclinou-se e lhe deu um beijo. Foi um beijo longo, tão longo e delicioso que ela teve a sensação de que o seu coração ou havia parado de bater ou tinha começado a bater junto com a própria floresta.

Ela podia sentir as árvores sobre si, suas raízes sob o solo. Sentir o musgo crescendo, a terra se agitando com todos os animais que viviam debaixo dela. Amortecida, pensou se ainda respirava ou se sua respiração agora fazia parte da floresta, parte da vida da floresta.

Sentiu Brendan recuar, vagaroso e relutante, ainda com a mão em seu rosto. Abriu os olhos.

Viu um rosto feito de folhas. Havia folhas que cobriam o rosto de Brendan, trepadeiras que brotavam de seus ombros. Na sua frente, enquanto a tocava, ele ia se transformando em um emaranhado, um denso bosque de carvalhos, sabugueiros e freixos. Ela sentiu um broto nas maçãs do rosto dele e viu que suas mãos eram feitas de hera. Mas os olhos ainda eram os olhos de Brendan Thorne, verdes com pequenas manchas castanhas. Olhos que a encaravam, enigmáticos e subitamente inescrutáveis.

Estava acontecendo outra vez. O mundo — o mundo real — lhe escapava por entre os dedos. Ela foi tomada por uma sensação de pânico terrível.

— Evelyn — disse ele. Sua voz soou carregada, profunda, como se viesse do fundo de um poço.

Ela gritou.

Ela se levantou da árvore caída com um pulo e cambaleou para trás. O homem feito de folhas e trepadeiras também se levantou, com os braços estendidos na direção dela. Ele agora era completamente feito de folhagens, exceto pela parte inferior das pernas onde ela ainda podia distinguir a calça jeans e o tênis. Mas as trepadeiras estavam alcançando essa parte também, e logo ele já não seria mais um homem, mas sim uma parte da floresta que a perseguia e tentava capturá-la.

Evelyn virou as costas e saiu correndo. Não olhou para trás nem parou de correr até chegar à Giant's Head. Sua mala já estava pronta. Verificou rapidamente o horário dos ônibus; havia um saindo para Truro dali a meia hora. Jogou o resto das roupas dentro da mochila. Ao pagar a conta, o ônibus já estava à sua espera. Ela embarcou e não olhou para trás enquanto o veículo se afastava de Clews. Tentou não pensar no que havia acontecido até estar dentro do avião rumo a Nova York. E quando o fez, entrou no banheiro da aeronave e chorou sentada no assento do vaso sanitário, abafando o quanto podia os soluços com uma toalha de papel embolada. Chorou de medo e chorou por Brendan Thorne, que a havia beijado e depois se transformado diante de seus olhos em... em quê?

Ela não sabia.

— Aliás, poderia honrar-me com um autógrafo em meu exemplar de *Pensamentos verdes*? Não fazia ideia de que o livro fosse seu, E. R. Morgan. Na Cornuália, um terço dos poetas se chama Morgan. Comprei assim que saiu. Está na minha estante há anos.

Ela autografou o livro, e ele lhe perguntou sobre as aulas. As aulas iam bem; ela estava se adaptando à vida de uma cidade pequena. Os alunos eram diferentes, claro. Menos cosmopolitas, mais propensos a serem os primeiros de suas famílias a cursarem o ensino superior. Mas ela ficara responsável por um curso de poesia, e estava gostando.

— Bem, ontem eu recebi um poema sobre encanamento — contou ela. — Com rimas, até. Mas o que eu queria dizer é que vou tentar voltar a escrever minha própria poesia.

— Isto é incrível! — exclamou ele. — Você tem um talento raro e genuíno, sabia? Queria ter o seu ouvido para ritmo. Teria ajudado na minha tradução de *O conto do Cavaleiro Verde*.

— Sua tradução? — ela pareceu intrigada.

— Aquela da qual ninguém ouviu falar. Sabe o que a editora da Universidade de Oxford me disse? Que não havia interesse acadêmico suficiente em um poema córnico tão obscuro. Três anos depois publicaram a tradução de Thomas Holbrook. — Que era um idiota, e cujas interpretações eram ocasionalmente ridículas de tão inexatas. — Bem, pelo menos a minha tradução valeu o doutorado e me trouxe para Bartlett.

O fato de sua tradução ter sido preterida ainda o incomodava. Isso e o fato de acadêmicos como Evelyn usarem a de Holbrook em suas pesquisas. Mas tudo bem, pensou ele depois enquanto atravessava o campus. Os dois haviam marcado um jantar, e quando ele foi ler a dedicatória que ela escrevera em seu exemplar de *Pensamentos verdes*, viu que esta dizia: *Para Brendan, com amor. Evelyn*.

Mesmo depois de saber que ela havia se mudado para a casinha branca de Carter's Corner, não foi visitá-la. Mesmo sabendo que ela havia começado a dar aulas, não passou em sua sala. Esperou uma semana. Todas as manhãs ele se olhava no espelho e se perguntava o que deveria fazer. Precisava contar a ela sobre Isabel. Mas como? *Escute, eu sou casado, mas para todos os efeitos minha mulher morreu faz três anos. Há três anos o médico quis que eu desligasse os aparelhos, mas não tive coragem. Ela era tão cheia de vida, não suportei ser a pessoa que a deixaria morrer. Ainda quer jantar comigo mesmo assim, Evelyn?*

Contar a ela seria pressupor muitas coisas em relação ao jantar, pressupor que ela nutrisse por ele algum interesse romântico. E disso ele não tinha a menor certeza. Caso esse interesse algum dia se manifestasse — bem, nesse dia ele contaria.

— Brendan Thorne, você é um covarde — disse ele para si mesmo no espelho. Mas ainda se lembrava de como ela havia gritado na floresta, de como saíra correndo para longe dele. Acabara de reencontrá-la, e, embora não se vissem havia muitos anos, sabia que não queria perdê-la.

Por fim, achou seu exemplar de *Pensamentos verdes* e foi à sala dela durante o expediente. Como o ano letivo acabara de começar não haveria alunos, e ele queria encontrá-la sozinha.

Evelyn já estava corrigindo trabalhos.

— Professora Morgan? — disse ele. — Acho que a convidei para jantar.

— Convidou, sim — disse ela, sorrindo.

Iria levá-la a Richmond, para comer em um restaurante decente. Para conhecê-la outra vez. Queria muito conhecê-la outra vez.

Evelyn Morgan, doutora em literatura, olhou-se no espelho retrovisor. Cabelos presos para trás, boca pintada com um batom de tom rosa antigo. Dentro da pasta, trazia cópias sobressalentes de seu currículo e do capítulo que havia apresentado junto com sua candidatura. Tivera razão ao escolher o terno cinza que sua mãe insistira em comprar.

—Você vai ficar com um ar bem profissional — dissera ela, e Evelyn tinha de admitir que estava certa.

Ela se sentia contente pela entrevista no Bartlett College. Já estava lecionando como professora assistente na Universidade Columbia havia dois anos, desde que terminara o doutorado. Sabia que não era uma docente muito fácil de se vender: uma especialista em Idade Média que havia optado por não escrever sobre Chaucer nem qualquer outro autor passível de ser estudado em aulas de literatura medieval, mas sim sobre a lenda do Homem Verde. Levara oito anos para escrever *O Homem Verde na Europa Medieval*, e agora não sabia o que fazer com a tese. Já havia conseguido extrair dela um artigo, o que decerto explicava por que a tinham chamado para a entrevista em Bartlett. Mas não achava que a tese em si fosse publicável, era demasiado estranha e idiossincrática. A única outra publicação que tinha era de um livro de poemas escrito anos antes intitulado *Pensamentos verdes*.

Escrevera o livro no ano posterior àquela semana em Clews durante a qual havia conhecido Brendan Thorne — ainda se lembrava do nome dele — em uma livraria. Semana durante a qual havia tido aquele... episódio. Sempre se sentira mal por causa disso, e sempre quisera se desculpar. Dizer-lhe que a culpa não era dele. Ele deve ter ficado pensando se havia feito algo errado.

Não foi nada com você, ela queria dizer. Sou eu. *Eu sou louca, só isso*, embora dr. Birnbaum não fosse gostar de ouvi-la descrevendo a si mesma dessa forma. Certa vez, anos mais tarde, escrevera uma carta a Brendan pedindo desculpas. Não sabia onde ele estava morando, assim colocou o endereço da livraria. Mas nunca recebera resposta.

Ao voltar da Cornuália, ela retomara a medicação durante algum tempo, mas não tivera novos episódios e dr. Birnbaum tinha lhe dito que ela finalmente parecia estabilizada. Já há muito tempo sua vida estava estabilizada. Até mesmo seu único relacionamento sério tinha sido um modelo de estabilidade. David Aldridge cursava doutorado em história da arte em Columbia. Um amigo os havia apresentado durante uma festa em prol do museu Metropolitan à qual ela relutara em ir depois de sua mãe insistir em lhe mandar convites. O pai de David era cliente do Morgan & Leventhal, e sua família tinha uma casa de frente para o mar em Cape Cod. Ela o levara para passar o Natal na casa de sua família e seus pais obviamente haviam aprovado. Todos os seus amigos imaginavam que os dois fossem se casar. Mas certa manhã, pouco depois da defesa de tese dele, enquanto servia uma xícara de café no apartamento em que já moravam juntos havia muitos anos, ele havia dito:

— Evelyn, acho que isso não vai dar certo. Eu quero ficar com alguém que seja apaixonado por mim, e você não é. Ou é? — ele lhe parecera tão vulnerável, de pijama, em pé com a xícara de café na mão, que ela sentiu vontade de responder que sim, mas não conseguiu. Pelo contrário: fez que não com a cabeça. Uma semana depois, David se alistaria em uma missão do Peace Corps. Da última vez em que ela tivera notícias, ele estava em algum lugar da África Central construindo um sistema de irrigação.

— Escute, supondo que você consiga a vaga, o que certamente vai acontecer, posso levá-la para jantar e comemorar?

— Sim, claro — respondeu ela. E sorriu. Era o mesmo sorriso de que ele se lembrava, com as mesmas sardas no nariz. Assim tão de perto, pôde ver que ela parecia mais velha. Havia rugas em torno dos olhos que não existiam na Cornuália. Estas lhe davam um aspecto não menos belo, porém mais bondoso.

— Formidável. Nos vemos em setembro. — Ele segurou a porta aberta para que ela entrasse no carro e fechou em seguida. Ainda faltava um mês para setembro, mas ele havia esperado dez anos para vê-la outra vez. Podia esperar mais trinta dias.

inteligência. Evelyn tinha mudado naqueles anos em que não se viram. Parecia confiante no seu trabalho — confiante em si mesma. No entanto, por baixo do terninho cinza, ainda tinha a mesma aparência: cabelos ruivos, agora presos para trás por uma fivela, e o mesmo corpo ereto e esbelto que subira a colina até a Gawan's Court.

— Bem, acho que a professora Morgan provavelmente vai querer almoçar — disse Michael. E ela então pôs-se a cumprimentar a todos e foi acompanhada até a porta. Brendan temeu não ter oportunidade de vê-la antes que ela fosse embora.

Ele ficou esperando no estacionamento dos professores. Ela certamente tinha vindo de Richmond de carro, então era seguro supor que o único compacto no estacionamento fosse o que ela havia alugado.

Evelyn não o notou até estar quase na porta do carro.

— Evelyn Morgan — disse ele. — Você sabe que essa vaga vai ser sua, não sabe? — ele tinha escutado isso do próprio Michael, de modo que falava com segurança.

Ela o encarou como se não soubesse o que dizer. Nunca lhe ocorrera que ela pudesse estar constrangida, mas era exatamente isso que ela parecia estar sentindo.

— Sei que faz muito tempo. Estava pensando que conheci você em Clews mais de dez anos atrás. Vamos recomeçar do zero? — ele estendeu a mão. — Prazer em conhecê-la, professora Morgan. Meu nome é Brendan Thorne.

Ele ficou aliviado quando ela riu e apertou a mão dele.

— O prazer é todo meu, professor Thorne.

E ele então teve de explicar sobre Oxford. Foi um constrangimento, mas ela pareceu não ligar. Na verdade, pareceu contente. O que o levou a perguntar, com certa ousadia:

Ela entrou no estacionamento. Pelo menos os prédios eram bonitos: de tijolos antigos, com colunas brancas e paredes cobertas de hera. Evelyn tinha dúvidas quanto a se mudar para a Virgínia, mas por enquanto o lugar estava lhe parecendo perfeitamente civilizado. Seu pai não desejava que ela se mudasse para muito longe. Nova York já era longe o suficiente. Ele se dispusera a pagar sua pós-graduação, e até mesmo a financiar um doutorado em literatura inglesa caso ela concordasse em ficar em Boston para estudar em Tufts ou Brandeis. Mas ela havia conseguido uma bolsa integral para Columbia — um feito e tanto. Insistira em fazer o doutorado lá, e agora, caso conseguisse aquele emprego, talvez se mudasse para mais longe ainda.

Muito bem, estava pronta para a entrevista? Tão pronta quanto jamais estaria, concluiu. Ela saiu do carro alugado.

— O que percebi quando comecei a estudar, os diferentes mitos e histórias que fazem referência ao Homem Verde foi que eles sempre incluíam o que chamo de Mulher Mágica. A história de fundo, cujas origens remontam ao folclore, engloba o Homem Verde e a Mulher Mágica. Trata-se de uma história de amor. Em *Sir Gawain e o Cavaleiro Verde*, por exemplo, Gawain é um duplo, um *alter ego* do Cavaleiro Verde. Isso fica ainda mais evidente ao examinarmos as narrativas mais antigas, como a fábula córnica *O conto do Cavaleiro Verde*, na qual o cavaleiro de armadura verde é o próprio Sir Gawain. Isso significa, a meu ver, que essas histórias remontam aos rituais de fertilidade pré-cristãos, embora essa pesquisa ultrapasse o escopo do meu estudo.

Ele chegou atrasado, fechou a porta atrás de si sem fazer barulho e encaminhou-se para o fundo da sala. *Não pode ser*, pensou Evelyn. *Será que estou vendo coisas? Por favor, aqui não, não no meio da minha apresentação.* Mesmo de perfil, porém, pôde ver que era ele. E de repente, foi como se tivesse voltado para lá — como se estivesse outra vez na floresta, depois de todos aqueles anos. Com Brendan Thorne.

Evelyn não podia continuar. Mais uma vez foi tomada por aquele pânico aterrorizante, pela ânsia de virar as costas e sair correndo.

Sua apresentação vinha correndo muito bem. *Tenho uma chance real de conseguir esse cargo*, era o que pensava. Agora, porém, estava paralisada na frente da sala, incapaz de falar. Brendan se virou e a viu, e em seguida sentou-se como se não a tivesse reconhecido. Acima dele, ela viu o relógio: embora o tempo parecesse ter parado, apenas uns poucos segundos haviam transcorrido.

— Mais alguma pergunta? — ouviu a própria voz indagar. Então começou a responder, parecendo saber do que estava falando muito embora tudo em que conseguisse pensar fosse nele, sentado no

Ele chegou tarde à apresentação. Tinha lido o artigo que ela mandara como amostra de sua produção acadêmica. Era bom — na verdade, muito bom. Sabia que ela passara a manhã inteira sendo entrevistada por Michael e por vários dos outros professores. Ele próprio teria sido um deles caso não estivesse ministrando um curso de verão para pagar as contas no hospital. Evelyn devia estar aliviada por só lhe restar a apresentação.

Entrou na sala o mais silenciosamente possível e sentou-se nos fundos.

Ela o reconheceu. Ele percebeu porque ela parou de falar por alguns instantes. Uma pausa longa, e ele aguardou, prendendo a respiração, preocupado que ela pudesse perder a vaga por sua causa. Mas não. Ela prosseguiu.

— Mais alguma pergunta?

— Professora Morgan, sei que isso ultrapassa o escopo do seu estudo, mas a senhora está afirmando que o Homem Verde e a Mulher Mágica tiveram sua origem nos rituais de fertilidade pré-cristãos? Há algum indício que possa validar essa hipótese?

— Os textos sustentam essa hipótese. O Homem Verde é claramente uma personificação da mudança de estações do ano. Em *O conto do Cavaleiro Verde*, por exemplo, a armadura de Gawan é feita de um metal verde em forma de folhas. A Mulher Mágica, nesse caso, Elowen, é provavelmente o resquício de uma antiga deusa da fertilidade, uma deusa da vida e da morte. Mas o mesmo padrão está presente em *Sir Gawain e o Cavaleiro Verde*. Naturalmente, seria preciso outra dissertação para explorar todas as alterações desta teoria.

Risos educados percorreram a sala. Houve mais perguntas às quais ela respondeu com clareza e, na avaliação de Brendan, com

ainda não temos ninguém para assumir os cursos do professor Randolph. Mas quero me certificar de que a pesquisa dela seja o que nós queremos de uma professora assistente, entende? Fique com uma cópia do currículo dela.

Evelyn Morgan. Seria possível? Graduação em Harvard, com um semestre em Oxford. Doutorado na Universidade Columbia. Tinha de ser. E na sua lista de publicações — impossível, mas verdade: *Pensamentos verdes*. Ela fugira dele, mas mesmo assim tinha escrito um poema sobre *O conto do Cavaleiro Verde*.

fundo da sala sem fazer nenhuma pergunta. Foi como se sua mente estivesse cindida ao meio: metade ainda participava da apresentação, e a outra metade se esforçava para não olhar para ele e imaginava o que ele estaria fazendo ali, no Bartlett College.

Terminada a apresentação, Michael Fitch, diretor do departamento, levou-a para almoçar na associação de docentes. O almoço lhe proporcionou uma oportunidade de se acalmar e perguntar:

— Brendan Thorne dá aulas aqui? Nos encontramos uma vez, anos atrás. Tive a impressão de reconhecê-lo no fundo da sala.

Sim, ele era professor titular do departamento. Parecia impossível.

Por fim, Michael apertou a mão dela.

— Bem, você sabe como são essas coisas — disse ele. — O departamento inteiro tem que aprovar, depois o reitor e assim por diante. Devemos dar notícias em algumas semanas. Mas na minha opinião, você é uma candidata fortíssima.

Isso era bom, certo?, pensou ela no caminho até o carro. Onde Brendan Thorne a estava esperando.

— Evelyn Morgan — disse ele. — Você sabe que essa vaga vai ser sua, não sabe? Não por causa das suas qualificações, ainda que elas sejam perfeitamente adequadas, mas porque o departamento está desesperado para contratar alguém até setembro.

Ela não soube o que dizer. *Desculpe ter saído correndo aos gritos quando você me beijou anos atrás. Tenho tendência a fazer coisas desse tipo, pergunte ao meu terapeuta.*

— Sei que faz muito tempo. Estava pensando que conheci você em Clews mais de dez anos atrás. Vamos recomeçar do zero? — ele estendeu a mão. — Prazer em conhecê-la, professora Morgan. Meu nome é Brendan Thorne.

Ela riu com alívio e apertou a mão dele.

— O prazer é todo meu, professor Thorne.

Graças a Deus não seria necessário pedir desculpas.

— Naquela semana, quando nos conhecemos, eu não comentei com você. Comentei? Eu também estava em Oxford, cursando o doutorado.

— Em Oxford! – exclamou ela, estupefata. — Você sabia que eu estudava lá. Por que não me falou nada?

Ele riu.

— Ah, eu estava gostando de bancar o caipira. Quando era menino, costumava sair com os pescadores, sabe? Pensava que um dia também seria pescador. Nunca me interessei por administrar a livraria. Meu pai se decepcionou comigo, mas eu não consegui ficar em Clews. Havia muitos lugares que eu desejava conhecer. Embora nunca tenha pensado que fosse parar no Bartlett College, na colônia da Virgínia.

— E o que fez você vir parar aqui?

O sotaque de Brendan, apesar de menos pronunciado do que Evelyn se lembrava, parecia disparatado naquele lugar. Os cabelos castanhos continuavam fartos, embora entremeados por alguns fios brancos, e os olhos verdes ainda se apertavam nos cantos quando ele sorria.

Ele estava sorrindo agora.

— O destino, talvez? Para permitir que voltássemos a nos encontrar? Escute, supondo que você consiga a vaga, o que certamente vai acontecer, posso levá-la para jantar e comemorar?

— Sim, claro — ela lhe sorriu de volta. Aquilo era algo que os dois nunca tinham feito juntos em Clews: um encontro de verdade.

— Formidável. Nos vemos em setembro.

No trajeto de volta ao aeroporto de Richmond, Evelyn se sentiu acesa por dentro. *Por que a ideia de jantar com Brendan Thorne me deixa feliz?*, perguntou-se. Mas o fato é que deixava.

o garanhão era uma fera negra que havia derrubado todos os cavaleiros que tentavam montá-lo.

Mas Isabel só fez rir.

— Você devia ter visto os cavalos que eu montava na Irlanda quando era pequena.

Em Oxford, ela sempre gostara de correr com sua bicicleta. Sempre havia se arriscado. Houve ocasiões em que Brendan teve medo por ela. Mas era impossível deter Isabel. Ela era... era assim e pronto.

Quando havia recebido o convite para lecionar no Bartlett College em Coleville, Virgínia, achou que ela fosse se entediar. Mas ela havia mergulhado de cabeça na equitação e no universo equestre da região, com suas exibições de adestramento e caça à raposa.

Isso até o acidente. Brendan olhou para a mulher, tão pálida, com tubos presos aos braços e à garganta. A morte de seu pai tinha sido bem diferente. Certa manhã, ele simplesmente caíra morto na livraria. Insuficiência cardíaca, disseram os médicos. Logo depois, Brendan vendera a livraria para uma grande rede. Nunca mais quis pisar lá dentro.

— O senhor está bem, professor Thorne? — indagou a enfermeira.

— Estou sim — respondeu ele, virando-se para ir embora. — Volto na quinta.

Quando chegou à sua sala em Bartlett, porém, Michael Fitch, diretor do departamento, disse-lhe que uma candidata viria fazer uma entrevista na quinta-feira. Uma tal de Evelyn Morgan.

— Brendan, eu gostaria muito que você assistisse à entrevista — disse ele. — A tese de doutorado dela é sobre a lenda do Homem Verde na Europa, e você é nosso especialista no assunto. Precisamos dela, claro. As aulas vão começar daqui a um mês e

— Desculpe — respondera ele. — Estou péssimo mesmo.

Ela usava uma boina e um par de luvas vermelhos. Para ele, essas peças passaram a representar a intensidade inerente a ela. Isabel vivia tudo plenamente, talvez plenamente demais.

— Isabel McConnell — dissera ela, estendendo uma das mãos para ele apertar. — Vamos, tome um drinque comigo. Você parece estar precisando.

Haviam ficado bêbados, gloriosamente bêbados, e ela o acompanhou até o apartamento em que ele morava. Naquela noite, depois de fazer amor com ela, Brendan havia sonhado com a Gawan's Court. Estava em pé no meio das pedras. Isabel também estava no sonho, vestida de um vermelho tão vivo que parecia fogo, e ao seu redor as pedras começavam a se mover, a esticar seus membros gigantescos. As pedras se transformaram em enormes e pesados gigantes, e Brendan acordou jurando que nunca mais beberia assim pelo resto da vida.

Naquele mesmo ano, pouco antes do Natal, recebeu uma carta de um editor chamado Peter Cargill, da editora Arundell Press, aceitando sua tradução. Não era uma editora universitária. Mesmo assim, talvez aquela fosse a publicação que poderia lhe garantir um emprego.

Isabel tivera certeza de que sim.

— Brendan, vamos nos casar — dissera ela. Quando Isabel propunha alguma coisa, era difícil dizer não. De toda forma, ele não queria dizer não.

Como ela estava diferente agora. Baixou os olhos para a cama do hospital na qual sua mulher estava deitada havia três anos, desde o acidente com o cavalo.

— Isabel, não monte esse cavalo. Estou falando sério — dissera-lhe Brendan. Recém-saído de uma carreira no hipódromo,

Evelyn alugou uma casa em Coleville, cidade em que ficava o Bartlett College. Aos poucos foi se adaptando à nova rotina. Aquilo era completamente diferente de lecionar em Columbia. Pela manhã, acordava com o canto dos pássaros e tomava café na varanda de sua casa. Ia de carro até a faculdade. Nada de metrô, nada de comprar um café da manhã rápido na lanchonete. Em Columbia, seus alunos eram de Nova York, Califórnia, Cingapura. Ali, vinham da Virgínia, do Kentucky e do Tennessee. Muitos eram os primeiros de suas famílias a cursarem uma faculdade. Ela gostava de seus sotaques e de sua avidez pelos estudos.

Sua sala, localizada em um prédio construído há cem anos, dava para um pátio onde havia um carvalho muito antigo e um gramado onde os alunos da graduação gostavam de namoricar. Ela os observava com um ar de nostalgia. Fazia muito tempo que não se envolvia afetivamente com ninguém. Desde David não havia homem algum em sua vida, pelo menos não alguém sério. Ela havia se concentrado tanto em escrever a tese, em ser uma boa professora, que negligenciara inteiramente essa parte da vida. Talvez não devesse ter agido assim? Pensou em cabelos castanhos e olhos verdes que se apertavam nos cantos. Já havia uma semana que estava em Bartlett, mas não tivera notícia nenhuma de Brendan Thorne.

— Professora Morgan? — e ali estava ele, em pé na porta de sua sala, usando uma calça de veludo cotelê e um suéter de lã em estilo escocês; parecia pouco mais velho do que em Clews. — Acho que a convidei para jantar.

— Convidou sim. E a que lugar de Coleville está planejando me levar? — Desde o primeiro dia, ela havia aprendido a pronúncia certa do nome da cidade, *côvil*, embora ainda não entendesse muito bem porque Talliafero Hall, o prédio que abrigava o departamento de língua inglesa, se pronunciava *tô-livêr*.

— Deve estar brincando, *my lady*. Meu plano é levá-la a Richmond para podermos jantar em um restaurante de verdade, não em uma casa de panquecas. Aliás, poderia honrar-me com um autógrafo em meu exemplar de *Pensamentos verdes*? — ele lhe estendeu o livro. — Eu não imaginava que o livro fosse seu, E. R. Morgan. Na Cornuália, um terço dos poetas se chama Morgan. Comprei assim que saiu. Está na minha estante há anos.

Ela riu.

— Bem, obrigada. Que bom que você gostou.

— O *R* é de quê?

— É de Rose. Era o nome da minha avó. Bem piegas, não é?

— É bonito — respondeu ele. — Evelyn Rose. Combina com você.

Ela enrubesceu e abriu o livro. Na folha de rosto, escreveu: *Para Brendan, com amor. Evelyn*. E então se perguntou o que tinha acontecido para que ela escrevesse algo tão pessoal. Mas agora era tarde: tinha escrito a caneta e não podia simplesmente riscar a dedicatória.

— Como vão as aulas? — indagou ele.

— Vão bem. Gosto dos alunos. São mais tranquilos do que os de Columbia, menos ansiosos em levantar a mão. Sinto que eles têm medo de dar as respostas erradas.

— Como se em literatura existisse resposta certa — ele se sentou no canto de sua mesa. — Sabe, tive medo de que você achasse aqui entediante, Evelyn, vindo de Boston passando por Nova York. Mas Bartlett parece combinar com você.

— Aqui é... confortável. E neste semestre não estou lecionando só literatura. Eles me deram uma oficina avançada de poesia.

Brendan já tinha ido tantas vezes ao Centro Médico do Condado de Henrico que conhecia a estrada de cor. Mal precisava pensar no caminho.

Na primeira vez em que encontrou Isabel, estava sentado no Jardim Botânico, no banco em que J. R. R. Tolkien supostamente costumava se sentar quando era professor em Oxford. Fora um outono difícil. Naquela manhã mesmo, ele havia recebido outra carta de mais uma editora universitária recusando sua tradução de *O conto do Cavaleiro Verde*. "Não acreditamos que haja interesse suficiente por essa obra para justificar uma nova tradução", dizia a carta. Era a quarta editora que ele tentava, e começava a ter certeza de que continuaria a receber a mesma resposta. Mas por quê? A Penguin publicara uma nova edição de *Sir Gawain e o Cavaleiro Verde*, e naquele verão ele havia encontrado na livraria de Pengarth um livro chamado *Pensamentos verdes*. Era um longo poema no qual Gawan e Elowen conversavam ao longo dos mil anos em que foram forçados a passar longe um do outro, aparentemente escrito por um poeta moderno da Cornuália. A história ainda era importante, ainda era influente. Por que não conseguia fazer ninguém se interessar por um relato que tivera tanto significado para ele quando criança?

Ele se formaria naquela primavera, mas sairia da universidade apenas com um manuscrito não publicado debaixo do braço. Exceto por um único artigo, não havia mais nada. Dedicara todo o seu tempo à tradução. Teria de voltar para casa e trabalhar na livraria. E admitir que seu pai estava certo, que ele tinha sido um imbecil por fazer pós-graduação em literatura medieval.

— Que cara péssima — ela havia se sentado ao seu lado no banco.

— Para Truro. Ela nos disse que teve de viajar antes do previsto. Acho que pegou o ônibus da tarde. Não foi isso, Evan? — indagou a Mr. Davies.

— Isso mesmo — respondeu uma voz vinda da sala dos fundos. — Antes do previsto, no ônibus da tarde. Mal teve tempo de fazer as malas.

— Talvez tenha sido uma emergência de família — disse Mrs. Davies. — Ela me pareceu bem abalada. Uma pena você não ter chegado a tempo de falar com ela. Achei que vocês estavam se afeiçoando bastante. Bem, tenho certeza de que pegou o telefone dela. Vai ligar, com certeza.

Brendan não tinha o telefone de Evelyn, mas mesmo que tivesse, será que ligaria? Em vez de conversar com ele para juntos tentarem entender o que havia acontecido, ela fugira.

— Obrigado, Mrs. Davies — disse ele, e voltou para a rua. Foi andando devagar até a livraria, sentindo-se ao mesmo tempo com raiva e arrasado. Teria de pedir desculpas ao pai sem poder explicar o que Evelyn significara para ele. Chutou uma pedra solta da calçada, e não ligou para a dor que sentiu no pé. Pelo menos era um tipo de dor diferente da que estava sentindo. Qualquer coisa era melhor do que isso.

— *Avançada* nesse caso é um eufemismo para "um pouco menos ruim do que você encontraria em introdução à poesia".

Ela riu.

— Bem, ontem eu recebi um poema sobre encanamento. Com rimas, até. Mas o que eu queria dizer é que vou tentar voltar a escrever minha própria poesia — ela se sentiu um pouco constrangida ao dizer aquilo. Ninguém, nem seus pais, nem o professor Lambert de Oxford, nem seu orientador de doutorado em Columbia, ninguém nunca havia incentivado sua poesia. *Bobajada fantasiosa*, ela ainda ouvia no fundo da alma toda vez que tentava pegar uma caneta para escrever um poema. *Por que não se concentra no mundo real?* Essas eram as palavras que escutara a vida inteira.

— Isto é incrível! — exclamou Brendan. — Você tem um talento raro e genuíno, sabia? Queria ter o seu ouvido para ritmo. Teria ajudado na minha tradução de *O conto do Cavaleiro Verde*.

— Sua tradução?

— Aquela da qual ninguém ouviu falar. Sabe o que a editora da Universidade de Oxford me disse? Que não havia interesse acadêmico suficiente em um poema córnico tão obscuro. Três anos depois publicaram a tradução de Thomas Holbrook — Brendan fez uma careta. — Bem, pelo menos a tradução me valeu o doutorado e me trouxe para Bartlett.

— Por que Bartlett? — indagou ela.

— Pelo mesmo motivo que você, imagino — respondeu Brendan. — Hoje em dia, onde mais um medievalista pode encontrar um cargo de professor universitário com potencial para virar titular? Ofereceram essa vaga a você porque o velho Randolph morreu, e não estou brincando. Ele literalmente caiu duro em sala de aula enquanto os alunos faziam as provas finais.

Evelyn não conseguiu reprimir uma risada.

— Eu sei, não tem a menor graça.

— Não se você fosse um aluno da graduação que precisasse ir bem na prova. Vai dar aula hoje?

— Hoje não — respondeu ela. Estava na sala corrigindo os primeiros trabalhos do semestre, o que em geral gostava de fazer. Os trabalhos lhe permitiriam perceber se os alunos estavam de fato prestando atenção nas aulas, e o que ela poderia esperar deles em termos de frases sem sentido e vírgulas malposicionadas. De repente, porém, sentiu vontade de sair, de ver outra coisa que não as quatro paredes de sua sala. Era um dia agradável de outono. Podia ver alunos jogando *frisbee* no gramado.

— Vamos! É preciso um pouco de brincadeira na vida, professora Morgan!

Ela ajeitou os papéis sobre a mesa, hesitou por alguns instantes, indecisa, e então o seguiu porta afora.

Brendan voltou caminhando vagarosamente pela floresta. Ainda se lembrava de como os cabelos dela caíam em volta do rosto. Ainda podia sentir o cheiro de seu perfume. Será que tinha feito alguma coisa errada? Com certeza não poderia ter se equivocado tanto em relação a ela. Se não quisesse o beijo dele, teria dito alguma coisa, não gritado. Algo havia mudado de repente — e ele não sabia o quê.

Ao chegar a Clews, subiu a rua principal até a livraria. Não queria ver Evelyn imediatamente; não saberia o que dizer.

Ele abriu a porta dos fundos e entrou no escritório.

— Onde você estava? — perguntou seu pai. — Todos os códices nos quais eu estava interessado foram vendidos nos primeiros dias. Pensei que fosse encontrar você aqui, cuidando da loja. Mas não, Mrs. Ross me disse que você estava no pub com uma garota. Por acaso faz ideia do duro que eu dou para fazer funcionar esta livraria e ganhar dinheiro para você poder estudar em Oxford? Não entendo como pode ser tão irresponsável.

Teria sido melhor se o pai houvesse gritado com ele, chamando-o de imbecil ou algo assim, pensou Brendan. O que não conseguia suportar era aquela reprovação fria.

Ele deu as costas e saiu; passou algum tempo parado na rua, sem saber o que fazer nem para onde ir. Por fim, tomou o caminho da Giant's Head. Precisava falar com Evelyn, precisava saber o que tinha acontecido.

— Olá, Brendan! — disse Mrs. Davies. — Veio se despedir de Evelyn? Infelizmente ela saiu há meia hora.

— Saiu para onde? — perguntou ele. Será que ela decidira caminhar para pensar no que havia acontecido? Se os dois conversassem, talvez pudessem entender juntos.

algum perfume que estava usando. Brendan sentiu a maciez de seu rosto, os lábios encostados nos seus. *Era isso*, pensou uma parte de si — era isso que havia passado a vida inteira esperando, desejando. O remédio para a solidão que sentia desde criança e à qual os outros pareciam imunes.

Com relutância, ele se afastou. Olhou para o rosto dela que ainda segurava com as mãos, seus olhos fechados, os lábios entreabertos, como se estivesse saboreando aquele instante. Ela abriu os olhos.

— Evelyn... — disse Brendan. Os olhos dela se arregalaram. E então ela deu um grito. Levou as mãos ao peito dele como se quisesse empurrá-lo para longe. Ela se levantou e cambaleou para trás, ainda a encará-lo como se ele subitamente tivesse se transformado em um monstro. Ela segurou em uma árvore para se equilibrar, em seguida virou as costas e saiu correndo pela trilha em direção a Clews.

Brendan a observou, atônito. O que tinha acontecido?

À medida que o semestre avançou, Evelyn percebeu que nunca estivera apaixonada antes. Não de verdade.

Quase todos os dias, ela e Brendan almoçavam juntos, seja no refeitório dos docentes ou, quando o tempo estava bom, ao ar livre, no pátio, vendo os alunos da graduação de namorico. Eles se divertiam, mas aquela visão a machucava como uma pressão no peito que a impedia de respirar direito. Há quanto tempo ela não beijava ninguém?

Brendan a levou a Richmond, ao que supostamente seria um genuíno pub inglês, mas onde se servia costeletas e torta de limão. Sobre as mesas havia vidros de conserva com velas dentro. À luz dessas velas, ele lhe pareceu mais abatido do que ela lembrava.

— Como vai seu pai? — perguntou ela.

Ele deu um sorriso oblíquo.

— Papai morreu anos atrás. Caiu morto em plena livraria enquanto catalogava um novo carregamento de manuais de medicina do século XIX. Pensando bem, não foi uma morte ruim. Mas eu vendi a loja. Não conseguia voltar lá depois disso. De todo modo, o que poderia fazer? Tinha acabado de me formar e já tinha recebido a proposta de Bartlett.

— Sinto muito — disse ela, lembrando-se de como o vira naquele primeiro dia em Clews na livraria, em pé em meio às estantes. — Deve ter sido difícil. Sabe, eu tentei enviar uma carta para você na livraria. Acho que nunca chegou. Talvez tenha sido depois da morte do seu pai.

— Deve ter sido. Com certeza eu teria respondido, Evelyn.

— Quer dizer que não estava zangado? — perguntou ela. Era a primeira vez que eles faziam alusão ao episódio, e ela não sabia muito bem o que dizer a respeito. Será que deveria explicar as alucinações?

— Eu jamais ficaria zangado com você — ele estendeu a mão em cima da mesa e segurou a dela. Estava tudo bem. Ela não precisava dizer nada. Afinal, fazia mais de dez anos. Dr. Birnbaum lhe garantiu que as alucinações desapareceriam à medida que ela ficasse mais velha. E isso finalmente acontecera. Não queria que Brendan pensasse que estava se envolvendo com uma mulher que tinha problemas mentais. Se é que ele estava se envolvendo. Evelyn ainda não estava certa, embora ele estivesse segurando sua mão. Caso ela decidisse que deveria lhe contar, eventualmente... bem, então contaria. Mas não precisava ser naquela noite, precisava? Havia tempo de sobra.

Depois do jantar, foram ao Museu de Belas-Artes. Passearam pelas galerias, admirando as luminárias Tiffany e alguns Sargents de segunda categoria. Pararam na loja de souvenirs e Brendan lhe comprou um caderno que tinha na capa uma reprodução de *A dama de Shalott*, de John W. Waterhouse.

— Para os seus poemas — disse ele. Ela sorriu e apertou a mão de Brendan, em seguida pensou: *Pareço uma menina de quinze anos.* Mas era assim que ele a fazia se sentir.

Voltaram para Coleville em silêncio. Ele a acompanhou até a varanda da frente e perguntou:

— Evelyn, posso beijar você? Estou me segurando, sabe? Com medo de que você saia correndo de novo.

Era a primeira referência que ele fazia ao que havia acontecido em Clews tanto tempo antes.

— Eu não vou sair correndo — disse ela. — Prometo.

Sob a luz da varanda, ele lhe pareceu particularmente bonito, com as mãos enfiadas nos bolsos da jaqueta. Era o mês de outubro, e o tempo começava a esfriar.

— Certo — ele sorriu, levou a mão ao seu rosto, ela se lembrava

A caminhada foi mais longa do que ele se lembrava. Evelyn vestia um cardigã cinza, o mesmo do dia em que havia entrado na livraria, mas depois de algum tempo ele notou que ela abraçava o próprio corpo e tremia.

— Tome, pegue o meu casaco — disse ele. Ficou grande nela, claro. Mas vê-la vestida com a sua roupa o fez se sentir protetor, como se pudesse mantê-la aquecida... e segura, embora não soubesse contra o quê. Não havia nada na floresta que pudesse lhe fazer mal.

De repente, pensou que se não agisse naquele momento — se não dissesse a ela o que estava pensando —, talvez não o fizesse nunca. Era agora ou nunca. *Evelyn, eu gosto muito de você... Evelyn, acho que estou me apaixonando... Evelyn, apesar de você estar voltando para os Estados Unidos...* Não sabia exatamente como sairia, mas tinha que dizer alguma coisa.

— Evelyn, eu gostaria de dizer uma coisa. Podemos sentar um instante?

Sentaram-se em um tronco de árvore coberto de musgo.

— O que foi? — perguntou ela.

Ele não sabia por onde começar. Talvez não conseguisse dizer. E então:

— Nos últimos dias, não sei se consigo explicar...

Ela estava inclinada na sua direção, olhando para ele com uma expressão muito solene. Estava linda ali na floresta, com os cabelos ruivos a cascatear em ondas pelas costas, em vívido contraste com o verde. Ergueu os olhos para ele, olhos arregalados, curiosos.

Brendan não conseguiu se conter. Levou a mão ao rosto dela, inclinou-se e beijou-a. Foi um beijo delicioso, tão bom que chegava a ser quase um sonho. Evelyn cheirava a flores, certamente de

— É disso que você mais gosta?

— Sim. Mais do que de qualquer coisa — ela abriu ainda mais o sorriso, então se encostou nele e completou. — Não seja bobo. Você sabe que eu também gosto de você.

Foi uma bobagem, mas de repente o coração dele começou a bater mais depressa. Mesmo quando ela voltou a se inclinar para olhar pela janela conforme Pengarth ia surgindo ao longe, ele pensou que ainda podia sentir os cabelos dela fazendo cócegas em seu queixo.

Passaram a manhã inteira no forte. Primeiro caminharam, depois escalaram os trechos em ruínas. Almoçaram no hotel. Ele sugeriu o museu histórico, mas Evelyn disse:

— Sabe o que eu gostaria de fazer? Ver a floresta sobre a qual você contou, a que você brincava quando era criança.

— É só uma floresta — disse ele. — Poderíamos voltar para Clews por ela. Há uma trilha que eu costumava fazer quando era criança. É bem fácil, embora haja alguns trechos com raízes expostas. Mas tem certeza, Evelyn? São cerca de onze quilômetros. — ela não parecia ser acostumada a caminhar tanto.

— Vou dar conta — respondeu ela. E os dois então iniciaram a caminhada pela floresta.

Havia muito tempo que Brendan não andava por ali. O que mais o impressionou quando adentraram o frondoso verdor foi a rapidez com que os barulhos de Pengarth se dissiparam. Em poucos minutos não era mais possível ouvir os carros. A floresta era... silenciosa não era bem o termo. Gravetos se partiam e ruídos vinham das copas das árvores, sem dúvida de passarinhos ou esquilos. Havia o zumbido dos insetos. Além, é claro, do som de seus próprios pés pisando as folhas do ano anterior.

bem daquele gesto, e inclinou-se. O beijo foi suave, hesitante, e quando ele percebeu que dessa vez ela não fugiria, tornou-se apaixonado, longo.

— Quer entrar? — perguntou ela, ofegante.

— Quero entrar, sim. Com certeza — ele a seguiu escada acima, e ela percebeu algo que nunca vira antes: que o seu quarto tinha exatamente o mesmo aspecto do que ela havia ocupado na Giant's Head. Por que ela havia comprado aquelas fronhas brancas, aquele edredom também branco com um generoso enchimento de plumas de ganso? Aquela mesinha e o quadro de um barco de pesca?

— Evelyn — sussurrou ele, com os lábios nos cabelos dela. — Você não faz ideia há quanto tempo eu espero por isso.

Ela sentiu a boca dele em seu pescoço, depois descendo pelos ombros, os dedos desabotoando e depois tirando a blusa que ela havia escolhido com tanto cuidado para que fosse bonita, mas não excessivamente sensual, pois não queria parecer ansiosa *demais*. Ainda que não estivesse pensando nisso agora nem se importasse com o que Brendan achava. Só queria que continuassem. Então era essa a sensação de se fazer amor. Nunca na vida tivera essa experiência — nem com namorados da faculdade, nem com David, nem com os poucos caras depois de David que acabara levando para o seu apartamento em Nova York. Brendan a tocava com um misto de paixão e experiência que ela nunca pensou que existisse. Era como se os seus dedos soubessem exatamente aonde ir, onde encontrar os lugares secretos de seu corpo, como provocá-la e acariciá-la até ela gritar de surpresa e prazer, perplexa com aquela revelação. Quando acabaram, ela dormiu um sono profundo e sem sonhos, enroscada junto às costas dele. Pela primeira vez em sua lembrança, o mundo lhe pareceu correto, como deveria ser. Como se tudo estivesse em seu devido lugar.

Depois daquela noite, os dois passaram a ser um casal, embora não no que dizia respeito à faculdade.

Nunca se sentavam juntos nas reuniões de docentes, nunca se tocavam no campus. Não era algo que houvessem combinado, mas Evelyn não tinha a menor vontade de se tornar alvo de fofocas, sobretudo entre seus alunos. Ela estava começando a conhecê-los, em especial os da oficina de poesia. Começava a perceber quais deles seguiriam para a pós-graduação e quais de fato poderiam se tornar poetas.

A mais promissora de todos era uma moça chamada Anne Harringon, que estava se candidatando para cursar um semestre em Oxford, como a própria Evelyn tinha feito tanto tempo antes.

— Só fique longe de Gregory Lambert! — recomendou ela quando conversavam sobre a carta de recomendação que Anne lhe pedira para escrever. — "Bobajada fantasiosa", foi o que ele disse sobre a minha poesia na época.

— Que imbecil! — disse Anne. — Com certeza vou ficar longe dele. O professor Thorne me disse para escolher Hilary Margrave em literatura vitoriana e Emmet Dowson em poesia. Que nomes estranhos eles têm em Oxford, não?

— Que bom que você conversou com o professor Thorne — comentou Evelyn. — Ele sabe mais sobre Oxford do que eu.

— É, ele ajudou bastante. Minha irmã me disse para fazer a aula sobre Chaucer com ele. Ela estudava aqui quando a mulher dele morreu.

— Mulher dele? — repetiu Evelyn. Ela estava folheando os formulários de recomendação, mas agora estava parada, completamente imóvel.

— É, ela caiu de um cavalo ou alguma coisa assim. Acha que coloquei os selos certos?

ajudou na catalogação dos livros. Ele lhe deu de presente um exemplar de *O conto do Cavaleiro Verde* na tradução de Tregillis, avisando-lhe que não era muito boa e pensando na própria tese. Iria propor a nova tradução no outono, assim que as aulas recomeçassem. Tinha certeza de que seria aceita: uma nova tradução de um texto medieval obscuro era exatamente o tipo de coisa que agradava aos orientadores de doutorado.

Isso o fez pensar que precisava contar a Evelyn sobre Oxford. No início, não havia contado porque estava se divertindo — e, para falar a verdade, porque estava um pouco magoado — com o fato de ela o tomar por um pobre rapaz de Clews. Mas era isso que havia dito a ela, não? Com o passar dos dias, porém, ficou pensando se ela se zangaria por ele não ter lhe contado imediatamente.

Bem, ele iria contar hoje, durante o passeio em Pengarth.

Pegaram o ônibus pela manhã. Enquanto este sacolejava pela estrada do litoral, Brendan olhou para Evelyn, para o contorno de sua bochecha e do seu queixo, enquanto ela olhava pela janela. *Não quero que esta semana termine*, pensou. Era o último dia de Evelyn em Clews. No dia seguinte, ela iria embora.

De repente, ela se virou para ele e disse:

— Você não falou sobre a sua família.

Ele então lhe contou sobre a perda da mãe e sobre ter sido criado pelo pai.

— Foi ele quem me contou sobre o embate entre Gawan e os gigantes. Você daria uma boa Elowen em um quadro, sabia? De cabelo solto, quero dizer.

— Por quê? É porque tenho cara de rainha? — ela sorriu e começou a comer uma barra de chocolate Cadbury que trouxera na bolsa. — Sabe o que eu mais gosto na Inglaterra? O chocolate.

— Uma garota quer um homem com seu próprio barco ou um pedacinho de terra, entendeu? Você é inteligente, Brendan. Mais inteligente do que qualquer outro rapaz de Clews, tenho certeza. Mas está indo embora, e quem pode saber onde vai estar daqui a dez anos? Eu quero morar perto da minha mãe e ter filhos. Você entende, não?

E ele entendera.

Mas em Oxford não tinha sido muito diferente. A universidade era repleta de Ladies Chloe Não Sei das Quantas que não tinham qualquer interesse por um rapaz com sotaque da Cornuália, cujo pai era dono de livraria. Ou então de moças tão entretidas com os próprios estudos, tentando se formar em física ou engenharia, que não tinham tempo para Brendan Thorne. Ele tinha tido alguns namoros, mas nada sério. E embora em várias ocasiões pensara estar apaixonado, acabava percebendo que a vontade desesperada de levar uma garota para a cama não era amor — ao menos não o tipo de amor que existira entre Gawan e Elowen.

Agora estava se apaixonando por alguém que no final da semana iria embora para os Estados Unidos. Enquanto caminhavam entre os túmulos do cemitério da igreja, pensou em como estava sendo idiota. Aquilo obviamente não passava de uma paixonite. Afinal, os dois tinham acabado de se conhecer. Disse a mesma coisa a si mesmo no dia em que saíram em um barco de pesca, enquanto segurava os cabelos de Evelyn para ela vomitar dentro de um balde. Depois disso, ela ficou bem, e ele gostou de observá-la: cabelos esvoaçando ao vento até prendê-los com um elástico, o rosto a cintilar com as gotículas projetadas pelas ondas que batiam no costado do barco.

Naquela semana, os dois fizeram caminhadas longas e sem destino certo, parando em algumas das fazendas da região. Ela até o

— Não sei. Você precisa confirmar com os correios — Evelyn tinha a sensação de ter levado um soco no estômago. Brendan nunca havia lhe dito que fora casado.

— Bem, professora Morgan, muito obrigada. Gosto da aula do professor Thorne, mas a minha preferida é a sua. E as suas provas não são tão difíceis.

— Hum, obrigada — Evelyn não conseguia se concentrar. Por que ele não tinha lhe contado? Deve ter acontecido ali em Bartlett.

— Professora? Muito obrigada. Até sexta!

— O quê? Ah, claro, Anne. Nos vemos na aula.

Depois que a aluna saiu, Evelyn continuou sentada diante da escrivaninha, com os olhos pregados na pilha de provas bimestrais. Faltava uma semana para o dia de Ação de Graças. Ela vinha planejando pedir a Brendan para ir com ela a Boston conhecer seus pais. Não sabia muito bem como eles iriam reagir... outro professor universitário? Mesmo assim, queria que ele conhecesse sua família.

— Evelyn? Já acabou por hoje? — ali estava ele na soleira da porta, com um ar completamente normal, sorrindo para ela. Cabelos castanhos afastados da testa, aqueles cabelos nos quais ela adorava passar os dedos, aqueles ombros nos quais adorava se apoiar para escutar seu coração batendo.

— Por que você não me contou sobre a sua mulher?

Ele ficou em silêncio. Então disse:

— Certo. Venha, vamos.

— Aonde? — perguntou ela.

— Venha comigo e pronto, pode ser?

Havia alguma coisa errada, alguma coisa muito errada. Ela podia ver no rosto dele. Brendan virou as costas, e ela o seguiu do corredor até o estacionamento; quase correu para acompanhá-lo. Entraram no carro dele. E partiram.

— Para onde estamos indo? — ela perguntou uma vez.

— Visitar minha mulher.

Ela quis perguntar o que ele queria dizer com aquilo, mas a expressão no rosto de Brendan era tão sombria, tão cheia de dor, que ela simplesmente ficou sentada ali, consternada, desejando não ter tocado no assunto.

Pararam o carro em frente ao Centro Médico do Condado de Henrico. Na recepção, a enfermeira falou:

— O horário de visitas já acabou, professor Thorne.

— Por favor — pediu ele. — Posso entrar só um minutinho?

— Tudo bem, mas precisa ser rápido — a enfermeira olhou para Evelyn com um ar curioso, como se estivesse pensando de quem se tratava.

Evelyn seguiu Brendan por um corredor pintado em um tom de rosa que supostamente seria tranquilizante, com uma placa que dizia CUIDADOS PROLONGADOS e uma seta apontada na direção em que seguiam.

Ele abriu uma porta, entrou em um quarto com dois pacientes e foi até uma das camas.

— Aqui está ela — disse. — Esta é Isabel.

Evelyn olhou para a cama. A mulher ali deitada deve ter sido bonita um dia. Tinha a pele muito clara, e cabelos negros e curtos. Havia tubos introduzidos em seus braços, e uma atadura em volta da cabeça à qual se ligava a um monitor. Um aparelho a ajudava a respirar.

— Isso aconteceu há cerca de três anos — disse Brendan. — Ela estava montando, e o cavalo a derrubou. Montava desde

Nos dias que se seguiram, eles foram à igreja em que Brendan costumava assistir à missa quando sua mãe era viva. Ela morrera de algum tipo de câncer quando ele tinha sete anos. Seu pai nunca falou a respeito, e ele nunca havia perguntado. O pai de Brendan era um homem taciturno que deixara o filho praticamente sozinho. O menino cresceu lendo livros e correndo por Clews, pela cidade e pela floresta que ainda restava. Foi seu pai quem lhe contou a história do Cavaleiro Verde. Seu pai era um bom contador de histórias. Ninguém jamais suspeitaria, mas quando ele estava contando uma história, seu rosto se iluminava, seus lábios finos sorriam e ele se tornava um homem diferente por uma ou duas horas. Nessas horas que Brendan mais gostava do pai. Em outros momentos, ele lhe parecia tão distante quanto as nuvens sobre a Gawan's Court. Brendan se lembrava da mãe como uma mulher que vivia sorrindo, mas se perguntava se não era porque ela estava sempre sorrindo nas fotos. Talvez ele só se lembrasse das fotos.

Brendan sempre se dera bem com os outros meninos de Clews, mas nunca tinha feito amizade com nenhum deles, não amizades verdadeiras. Pressentindo que ele era diferente de alguma forma, os outros respeitosamente o deixaram sozinho. Mais tarde, quando ele começara a tirar notas muito boas na escola e depois a estudar para as provas de conclusão do ensino médio, tudo fizera sentido. Brendan era diferente, um estudioso. Os outros tinham razão em tratá-lo bem, exceto em deixá-lo só. Sempre o cumprimentavam na rua, perguntando-lhe como iam os estudos sem esperar uma resposta. E embora ele tivesse tido algumas namoradas, nenhum dos relacionamentos havia ficado sério. Uma das moças, que terminara com ele antes de sua ida para Oxford, explicara-lhe:

— Quer dizer, é isso o que eu quero ser. Quero escrever poesia. Mas não sei, talvez os meus poemas sejam ruins. Talvez eles sejam... uma bobajada fantasiosa.

— Acho que nada que você faz corre o risco de ser uma bobajada fantasiosa — comentou ele, sorrindo.

— Como assim? — ela franziu a testa, como se não estivesse convencida de que ele soubesse o significado de *bobajada*.

— Estou querendo dizer que você me parece uma pessoa bem séria, não importa o que faça.

Ela fitou o próprio copo. Na penumbra do pub, com os fios de cabelo escapando da trança, parecia a modelo de um quadro de John William Waterhouse. Ele se perguntou como Waterhouse teria pintado a rainha Elowen. Provavelmente daquele jeito.

Quando lhe disse boa noite na Giant's Head, Brendan imaginou como seria beijá-la. Então disse a si mesmo que estava sendo um idiota, pois acabara de conhecê-la e ela iria embora em uma semana. Mesmo assim ofereceu-se para lhe mostrar a região.

— Vamos tomar um chá em Pengarth. Posso mostrar a você o museu histórico. Podemos andar pela praia, embora na verdade não seja exatamente uma praia pois só há pedras.

— Com prazer — disse ela. E ele ficou feliz por saber que tornaria a vê-la, mesmo que ela estivesse indo embora. Afinal, em uma semana muita coisa podia acontecer. Ele não sabia ao certo o quê. Só sabia que desejava a companhia dela, e talvez uma chance de lhe dar um beijo, lhe abraçar. Ele sacudiu a cabeça. Estava na hora de voltar ao trabalho. Seu pai chegaria em dois dias e Brendan tinha que catalogar muitos livros caso quisesse recuperar o atraso.

pequena, mas esse cavalo era um garanhão recém-saído das pistas de corrida. Ela estava tentando domá-lo. A estrebaria chamou uma ambulância, mas quando chegaram ao hospital ela já havia entrado em coma. Desde então, está assim. Os médicos dizem que não há esperança, que ela nunca vai se recuperar. Mas eu não consigo ter forças para desligar os aparelhos.

Ele segurou a mão dela.

— Desculpe não ter contado antes. Achei... eu queria tanto ficar com você. Achei que se você soubesse, jamais me daria uma chance. Evelyn? Diga alguma coisa.

Ela se aproximou e tocou uma das mãos de Isabel Thorne, que jaziam imóveis sobre a manta do hospital. O que poderia dizer? Como poderia culpá-lo? Ele deve ter sofrido horrores. Ela ia lhe dizer que estava tudo bem, que ela entendia.

Os tubos se transformaram em trepadeiras: grossos caules de rosas silvestres, finos ramos de madressilva. Deles nasceram folhas, depois flores. Rosas brancas e cor-de-rosa desabrocharam, flores de madressilva penderam dos ramos. Ela sentia o cheiro forte e adocicado das flores. Estava pisando em musgo, no meio de uma floresta. Sobre uma mesa de pedra à sua frente estava deitada uma mulher de vestido vermelho, cor de fogo, com longos cabelos negros a cascatear até o chão da floresta, formando um tapete. Rosas brotavam em cima dela, tremulando. Madressilvas se enroscavam em seus braços e pescoço. Logo ela estaria inteiramente coberta.

— Evelyn — disse o homem ao seu lado. Um cavaleiro de armadura verde, um homem todo feito de folhas. Ele estava segurando a sua mão: não, o que ela segurava em sua mão era um galho de árvore. Ela sentia o cheiro da terra molhada e do ar úmido da floresta.

Sua respiração se acelerou e ela levou uma das mãos ao peito. Estava acontecendo outra vez.

Isso não é real, disse para si mesma. *Preciso fazer com que vá embora.* Os remédios, era disso que precisava. Estavam no armário do seu banheiro. "Só para garantir", dissera-lhe dr. Birnbaum. "Mas não acho que você precisará deles de novo, Evelyn." Bem, ele estava errado.

Ela ouviu um movimento. A mulher deitada sobre a mesa estava quase inteiramente envolta em folhas. Apenas a cabeça ainda continuava exposta, embora brotos já se espalhassem pela testa. A mulher voltou a cabeça em direção a Evelyn e abriu os olhos. Olhos negros, profundos e negros como a noite.

Evelyn estendeu a mão para Brendan, abriu a boca, tentou falar. *Tenho que sair daqui*, tentou dizer. *Não posso estar aqui com você agora. Ligo para você amanhã, prometo.* Mas nenhum som saiu.

Ela deu as costas e saiu correndo pela floresta, pelo corredor cor-de-rosa. Havia um táxi parado em frente ao hospital. O motorista acabara de deixar uma mulher de cadeira de rodas e já estava partindo quando Evelyn acenou freneticamente para ele. O táxi parou.

Por um momento ela entrou em pânico. Como poderia pedir ao motorista para levá-la até onde ela precisava ir?

— Bartlett College — conseguiu articular, embora o homem tenha se inclinado na sua direção como se não a escutasse direito.

— Pois não, senhora. Mas é uma viagem cara — disse ele.

Ela abriu a porta e se deixou cair no banco do táxi. Ficou sentada, tremendo, enquanto o carro se afastava do meio-fio. Olhou para trás na direção do hospital. Brendan Thorne estava em pé onde as ambulâncias estavam estacionadas, em frente à placa que dizia PRONTO-SOCORRO. Tinha os olhos fixos nela e não fazia nada. Estava parado ali.

— Que horror! Não a tradução, mas a história. Mil anos separados!

— Bem, depois disso ela podia ter certeza de que ele a amava de verdade — disse ele. No mesmo instante ele se arrependeu daquelas palavras. Ela iria tomá-lo por uma espécie de romântico piegas.

— Imagino que sim — disse Evelyn. — Mas quem quer esperar tanto assim por um namorado?

Pronto, ele conseguira. Havia se colocado na categoria de romântico piegas.

— Vamos — disse ele —, vou levá-la ao pub para provar a verdadeira cidra da Cornuália. — Não havia nada de romântico ou piegas nisso.

Eles desceram a colina e caminharam juntos até o pub. Sentaram-se em uma mesa reservada e escura, e ela lhe contou sobre sua vida, sobre a infância em Boston e a graduação em Harvard. Seu pai era advogado; sua mãe parecia passar a maior parte do tempo participando de reuniões de conselho e organizando eventos de caridade. Depois ela descreveu o semestre que havia passado em Oxford.

— Sabia que minha colega de quarto é parente da rainha? Lady Chloe Spencer-Morecott. E se eu usasse algumas das palavras que ela usa minha mãe lavaria minha boca com sabão! Sério. Pensei que vocês fossem todos muito educados.

— Nós todos? — indagou ele. — Existe uma diferença enorme entre eu e Lady Chloe Não Sei das Quantas. Eu sou só um pobre rapaz da Cornuália.

— Bom, e eu sou só… — ele viu que por alguns instantes ela não sabia o que dizer. Talvez porque não pudesse chamar a si mesma de "pobre" coisa alguma. Pelo que havia lhe dito, estava claro que sua família era rica. — Uma poeta — completou ela finalmente.

derrotado, apesar de estar usando a armadura mágica, Elowen lançou um feitiço. Era o feitiço mais forte que conhecia, que transformou os gigantes em pedra. Gawan então cortou suas cabeças. Dizem que uma delas foi parar em Clews, exatamente onde hoje fica a hospedaria Giant's Head. Há uma pedra no jardim que, segundo Mrs. Davies, é a cabeça de um gigante. Mas depois de cortar todas as cabeças de pedra, Gawan percebeu que Elowen estava desfalecida. O feitiço tinha roubado toda a sua força, e ela estava à beira da morte. Prometeu a ele que voltariam a ficar juntos, que a morte não conseguiria derrotar seu amor. Só que Morva também tinha se apaixonado por Gawan, e era imune ao feitiço de Elowen. Ao vê-los trocando juras de amor, ela soltou um grito de raiva e lançou sua maldição: Elowen teria de passar mil anos longe do homem que amava. Em seu último suspiro, Elowen disse a Gawan que tornaria a ficar com ele novamente passados os mil anos:

Tenha paciência, meu amor, e tornaremos a nos encontrar
tão certo como as rosas selvagens têm seus espinhos,
os penosos anos acabam por passar.

Era um trecho da tradução do século XIX assinada por Ewan Tregillis, antigo ministro da igreja anglicana em Pengarth.

— A tradução não é lá essas coisas — comentou ele. — Muito vitoriana.

Para seu artigo, Brendan não tinha traduzido o poema inteiro. Mas poderia — e deveria, percebeu abruptamente. Ao longo do último ano, vinha se perguntando o que fazer com sua tese de doutorado, e se deveria expandir seu artigo para que virasse um livro. Mas essa ideia — uma nova tradução de *O conto do Cavaleiro Verde* — era perfeita.

Ela dirigiu da faculdade para casa o mais rápido que pôde; subiu correndo até o armário do banheiro e despejou na mão alguns comprimidos do frasco plástico. Ainda vestida, deitou-se na cama em que os dois haviam feito amor pela primeira vez. Ficou encarando o escuro. Lembrou-se da floresta, do homem feito de folhas, da mesa de pedra com a mulher deitada envolta em trepadeiras. Dos olhos da mulher, abertos, encarando os seus. Olhos cheios de ódio, como se houvessem estado ali por muitos séculos, à espera.

Sabia que os comprimidos a fariam dormir — era sempre assim. Amanhã ela ligaria para Brendan e explicaria as coisas. Ficaria tudo bem.

Quando acordou no dia seguinte, porém, não estava tudo bem. Já tivera náuseas antes, mas nunca como agora. O quarto todo rodava. Não conseguia ficar em pé. Teve uma vaga ideia de que deveria cancelar as aulas de sexta-feira, mas não conseguiu se lembrar de onde havia deixado o celular. E como chegaria até ele se o chão não parava de se mexer? Perguntou-se quantos comprimidos havia tomado. Muitos, mais do que deveria. Lembrava-se de ter despejado um punhado deles na mão.

Passou praticamente três dias dormindo, embora em algum momento tenha conseguido ir à cozinha para comer alguns biscoitos e beber água. Quando acordou, perguntou-se onde estaria Brendan, por que ele não aparecia para saber notícias dela. Por fim, aventurou-se a descer até o térreo para vasculhar a geladeira e encontrar algo para comer que não fossem biscoitos, segurando-se no corrimão para não cair. Quando tornou a subir, levou consigo *O conto do Cavaleiro Verde*, na edição traduzida por Brendan. Abriu-a em uma página aleatória.

Elowen então jurou a Gawan que seria sua para sempre, o que quer que lhes acontecesse. E ele lhe jurou a mesma coisa. E partiram juntos para combater os gigantes, sem saber que aqueles seriam seus últimos dias juntos neste mundo.

Sempre que estava acordada lia trechos do livro, deixando as páginas se abrirem aleatoriamente e lendo onde tivesse aberto.

Quando Morva viu que Elowen havia transformado seu pai e seu irmão em pedra, sentiu um grande ódio. Mas seu amor por Gawan era ainda maior que antes. Jurou que ele seria seu. Então lançou sobre a rainha da Cornuália um feitiço, o mais poderoso feitiço que conhecia. Elowen caiu no chão. Quando estava à beira da morte, Gawan se ajoelhou ao seu lado e fez tantas juras de amor que Morva se enfureceu e amaldiçoou Elowen dizendo: "Por mais que vocês dois se amem, nunca ficarão juntos, não por mil anos". E então desapareceu, deixando Gawan sozinho com sua rainha morta.

Pobre Morva, pensou Evelyn. Deve ser horrível odiar algo de modo tão profundo. Então voltou a dormir, repousando a cabeça sobre o livro aberto.

Na segunda-feira de manhã ela conseguiu parar em pé, e pela primeira vez sentiu-se desanuviada. *Tenho que falar com Brendan*, pensou. Tentou ligar para o celular dele, mas ninguém atendeu.

Quando chegou ao departamento de língua inglesa, Stephanie, a secretária, lhe disse:

— Evelyn, eu não quis incomodar você durante o fim de semana, mas será que poderia assumir o curso de Brendan sobre Chaucer durante o restante do semestre?

Evelyn, mas ela lhe pareceu apenas uma moça comum, embora particularmente bonita.

Ele lhe contou sobre os gigantes, sobre como Elowen cavalgara até a corte de Arthur, e sobre como Gawan voltara com ela para a Cornuália. Contou-lhe sobre a armadura que Elowen lhe dera de presente, feita de metal verde em forma de folhas. Uma armadura mágica que o protegia dos feitiços de Morva.

— Está achando a história chata? — perguntou ele.

— Nem um pouco. Fiz uma cadeira de literatura medieval em Oxford. Estudamos *Sir Gawain e o Cavaleiro Verde*, mas essa história parece diferente.

O modo como ela falou fez Brendan perceber que ela o tomava por um rapaz do interior, alguém que nunca faria pós-graduação em Oxford.

Ele sorriu.

— Oxford? Impressionante! — ele havia publicado um artigo sobre as semelhanças entre *Sir Gawain e o Cavaleiro Verde* e a história de Gawan. — Essa história foi escrita na Cornuália por volta do século XIII. É uma espécie de epopeia em córnico medieval — língua que ele havia aprendido especialmente para traduzir a história. — Foi traduzida para o inglês no século XIX, mas ainda é desconhecida fora desta região. Meu pai costumava contar essa história quando eu era menino.

— Mas o que aconteceu? Eles venceram?

Ele lhe contou a história como seu pai costumava lhe contar todas as noites antes de dormir.

— Ah, sim. Os gigantes se reuniram nesta colina e cercaram Gawan e Elowen. Gawan lutou com bravura, mas nem mesmo ele conseguia derrotá-los sozinho. Por fim, temendo que ele fosse íngreme. Ficou feliz, pois isso lhe deu um pretexto para segurar a mão dela.

— Se você tivesse crescido aqui, já teria se acostumado — disse ele.

— Nossa! — exclamou ela, olhando em volta. Parecia impressionada.

Quando ele era menino, aquele era o seu lugar preferido. Ainda se lembrava da história contada pelo pai sobre como o gigante Magill tinha chegado à Cornuália com o filho Magog, a filha Morva e o resto da família de gigantes. Como eles haviam destruído a região, pisoteado lavouras, devorado vacas e ovelhas, bebido a água dos rios até deixá-los quase secos. Os cavaleiros da Cornuália tinham lutado bravamente, mas eram sempre derrotados. Ou os gigantes os matavam, ou então Morva, a feiticeira, os transformava em porcos. Ainda ria ao lembrar de um bando de porcos vestidos com armaduras correndo de um lado para o outro. Pois Elowen, rainha da Cornuália, foi à corte do rei Arthur pedir aos cavaleiros da Távola Redonda para ajudá-la a combater os gigantes. Apenas Gawan, o mais corajoso de todos, havia se prontificado.

Evelyn passeava por entre as pedras, admirando-as. De repente, parecia que ela estava no meio de um halo de luz. Brendan esfregou os olhos, mas continuou a vê-la ali, rodeada de luz, como se esta a vestisse como uma túnica, com uma coroa sobre sua cabeça. E então, da mesma forma repentina, a visão desapareceu.

— Existe uma lenda sobre este lugar — disse ele, intrigado com o que acabara de acontecer.

— Me conte — pediu ela, sentando-se sobre uma das pedras tombadas. Brendan se sentou ao seu lado e olhou para Clews lá embaixo. Do alto da colina dava para ver até o porto. Ele olhou para

— Por quê? — indagou ela, com a sensação de que um punho havia subitamente se fechado em volta do seu coração.

— A esposa dele morreu na sexta-feira, logo pela manhã. Ela estava em coma há três anos. Não sei se você sabia; ele não falava muito no assunto. Ele parecia péssimo ao telefone, e disse que não conseguiria terminar o semestre. Ligou para Michael e simplesmente pediu as contas. Sinto muito por ele, sinto mesmo. Mas você imagina como vai ser difícil conseguir substitutos para os cursos que ele dava? Michael vai assumir o de Introdução à Literatura Medieval, mas seria de grande valia se você pudesse ficar com o Chaucer.

— Claro — respondeu Evelyn sem pensar. — Você sabe onde ele parou?

— Não faço ideia, mas ele deixou tudo na sala. O laptop estava em cima da mesa. Até as tiras de quadrinhos ainda estão pregadas na porta.

Evelyn dirigiu até a casa de Brendan. Encontrou a mesma situação: tudo estava exatamente como ela se lembrava, exceto pela ausência dele. A dona da casa estava lá, fincando uma placa de ALUGA-SE no chão.

— Ah, ele era uma pessoa muito agradável — comentou a mulher. — Sempre pagava o aluguel em dia e consertava tudo sozinho. Não sei para onde ele foi, querida. Ele deixou um bilhete debaixo da minha porta, é tudo o que sei. Acho que algumas pessoas podem se dar ao luxo de não receber de volta o caução.

Evelyn mandou um e-mail para Brendan, mas não teve resposta. Talvez ele não tivesse acesso a um computador, fosse lá onde estivesse. Mas ainda devia estar com o celular. Ela passou uma semana ligando para ele todos os dias. Ninguém atendia. Era como se ele tivesse desaparecido da face da terra.

— Aqui está seu chá, querida.

Evelyn ergueu os olhos e sorriu.

— *Scones*, Mrs. Davies? Assim vou ficar mimada, a senhora sabe.

— Bem, todo mundo precisa de uns mimos e uns biscoitinhos. E eu e Mr. Davies estamos contentes em vê-la novamente. Como vai seu livro?

Estava indo melhor do que ela esperava. O semestre de outono fora difícil. Sempre que ministrava o seminário de Brendan sobre Chaucer, voltava para casa e chorava sentada no chão do banheiro ou enrolada em um cobertor na varanda da frente. Dr. Birnbaum lhe recomendara uma psiquiatra em Richmond, a dra. Singh, que lhe pedira para chamá-la "Indira" e praticava medicina holística. Ela dissera:

— Essas suas alucinações... elas estão perturbando sua vida ou as perturbações são causadas pela sua reação a elas? Muita gente diz que já viu espíritos, Evelyn. Isso constitui toda a literatura da Irlanda. Algumas dessas pessoas talvez sejam esquizofrênicas, não temos como saber. Mas a menos que as alucinações estejam perturbando o modo como você funciona, a menos que você pense que as fadas querem que você vire uma espiã da CIA, elas não representam perigo algum. É preciso colocá-las no seu devido lugar e tocar sua vida. Se elas são perturbadoras podemos retomar a medicação, contanto que você prometa não ultrapassar a dose que eu indicar. Essa última overdose poderia ter lhe causado sérios problemas. Mas talvez o melhor seja tentarmos administrar a situação sem remédios por algum tempo.

Evelyn teve que rir.

— Não, ninguém me pediu para ser uma agente mágica da CIA... não ainda.

Brendan crescera brincando no alto daquela colina, em meio ao círculo de pedras. Após sua ida para a universidade, uma equipe de arqueólogos realizou uma escavação no local, na esperança de encontrar algo parecido com o barco de ouro encontrado em Pen Tor. Não descobriram nada, e ele estava feliz com isso. Um achado arqueológico teria tornado a Gawan's Court menos mágica para ele. Queria que permanecesse o que era: o lugar onde Gawan e Elowen haviam enfrentado os gigantes.

— E a loja? — perguntou ela. — Não tem problema você sair?

— A loja se cuida sozinha — respondeu ele. O pai de Brendan ficaria furioso se descobrisse aquilo. Mas como ele descobriria? Estava em Londres participando de uma daquelas feiras de livros. Brendan havia passado a infância inteira em feiras de livros, leilões particulares e livrarias espalhadas por toda a Grã-Bretanha. Esses lugares tinham lhe ensinado que ele amava os livros, só não amava vendê-los. Teria que dizer isso ao pai... em breve. — De toda forma, o "filho" de Thorne & Filho sou eu. Brendan Thorne, a seu dispor.

— Evelyn Morgan — retrucou ela, estendendo a mão. Ela tinha o que ele considerava um aperto de mão americano, firme e direto.

— Vamos lá, então — disse ele. — E talvez seja melhor abotoar seu cardigã. Lá em cima venta muito.

— Em cima de onde?

— Você vai ver! — ele segurou a porta aberta para ela passar e trancou em seguida.

Os dois subiram a rua principal, passaram pelas lojas e pelas casas, seguiram a rua sinuosa que ele conhecia tão bem. Quando chegaram à colina, ele poderia dizer que ela estava ficando cansada. Teve que ajudá-la a subir a última parte da trilha, onde o terreno era mais

Ela não respondeu, e por um momento houve um silêncio constrangedor.

— Imagino que você não seja daqui — completou ele.

Ela riu. Ele gostou do sorriso dela: era natural, simpático. Em se tratando de garotas, isso talvez não significasse nada. Elas poderiam rir por qualquer motivo ou nenhum. Não significava que gostassem de você ou que quisessem acompanhá-lo ao pub para tomar uma cerveja. Mas ele queria ouvi-la rir outra vez, queria que ela ficasse ali entre os livros.

— O que me denunciou? — ela perguntou. — O sotaque?

— Sim, e eu já conheço todas as garotas bonitas de Clews. Mas de onde você é? — Ele não acreditou no que havia dito. Nunca paquerava garota nenhuma, pelo menos não com sucesso. E a expressão da moça dava a impressão de que ela tampouco estava acreditando no que ouvira. Mas as americanas não estavam acostumadas a receber elogios?

— De Boston. E não, não conheço nenhum jogador do Celtics.

Ela se virou como se fosse ir embora. Ele desejou pensar em algo mais interessante para dizer, só para que ela continuasse falando.

— Já visitou a cidade? — perguntou ele. — Se já subiu a rua principal, imagino que sim. Não há muitas outras coisas para ver além disso, com exceção da Gawan's Court.

— Mrs. Davies mencionou… como é mesmo o nome?

— Ah, está hospedada na Giant's Head? Não que haja outro lugar para se hospedar em Clews. — A hospedaria era administrada pelo casal Davies desde que Brendan se entendia por gente. — Vamos à Gawan's Court, então. São só alguns quilômetros. Topa uma caminhada?

Dr. Birnbaum provavelmente teria um ataque, mas dra. Singh, Indira, estava certa. As alucinações em si nunca a haviam prejudicado. Ela era louca, portanto. Talvez simplesmente tivesse de aceitar isso em relação a si própria e aprender a lidar com o fato. Tocar a vida.

O semestre de primavera tinha sido melhor, mas quando as flores de açafrão brotaram e as forsítias começaram a desabrochar por todo o campus, ela começou a se sentir inquieta. Procurou Michael Fitch e disse:

— E se eu não publicar minha tese de doutorado? E se publicar outra coisa?

— Que tipo de coisa? — indagou ele, recostando-se na cadeira com um olhar cético.

— Outro livro de poesia.

— Não sei, Evelyn. Não tenho certeza se é isso que a banca do concurso para professor titular está esperando.

Ela não lhe disse o que a banca podia fazer com o concurso, mas pensou. Evelyn sentia-se radiante e assustada. Sabia que pela primeira vez desde que fora para Oxford estava prestes a fazer não o que todos esperavam dela, mas o que ela, Evelyn Morgan, queria.

Ela pesquisou "Giant's Head" no Google e descobriu que a hospedaria ainda existia e era administrada pelo casal Davies. Ligou para fazer uma reserva, em seguida comprou uma passagem aérea. Desta vez passaria mais de uma semana em Clews — ficaria lá pelo menos um mês, talvez até mais; o tempo que fosse preciso para escrever um livro. Tinha dito a Brendan que estava tentando escrever e o que havia acontecido? Nada. Ficara tão envolvida com ele e depois com o seu sumiço, que o caderno com a *A dama de Shalott* na capa continuava em branco. Se fosse escrever em algum lugar, esse lugar era Clews. Ela sabia disso instintivamente. E estava certa.

Evelyn tomou seu chá, passou geleia em um *scone* e baixou os olhos para o caderno. No dia seguinte, depois de chegar em Clews, sentara-se à escrivaninha do quarto e escrevera DEZ VIDAS no alto da primeira página. No final, o caderno conteria dez poemas — ela estava agora escrevendo o nono. Cada poema descrevia uma das vidas de Elowen: a primeira como rainha da Cornuália, e em seguida cada uma das vidas que ela tivera depois dessa. Em algumas ela tornava a encontrar Gawan; em outras, não. Mas em todas Elowen aprendia alguma coisa; cada uma permitia que se tornasse uma pessoa mais completa. Em sua nona vida, Elowen era professora primária no sul dos Estados Unidos durante as passeatas pelos direitos civis dos negros. Em sua décima vida… bem, Evelyn ainda não tinha muita certeza de qual seria a décima vida de Elowen. Talvez devesse transformá-la em professora universitária e atribuir-lhe alguns aspectos de sua própria vida. Seria uma autorreferência interessante, não?

Depois do chá ela sempre saía para um passeio. Para onde iria hoje? Conhecia o lugar perfeito. Desceu correndo a escada, do mesmo jeito que fizera tantos anos antes para encontrar Brendan Thorne. Às vezes, imaginava como seria vê-lo no pé da escada, mas sempre afastava esse pensamento. Não estava em Clews por causa de Brendan, mas sim por causa de si mesma. Imaginou-se trombando com si mesma no pé da escada e riu.

— Alguém está feliz hoje — comentou Mrs. Davies.

E ela estava certa, pensou Evelyn enquanto subia a rua principal e passava pelas lojas que vendiam lã para tricô e antiguidades. A tabacaria dera lugar a uma loja de computadores e celulares.

um homem era essa, ler livros? Não era como sair para o mar e arriscar a vida diariamente para trazer os peixes nas redes, como seus pais e seus avôs haviam feito antes. A maioria já estava casada e muitos já tinham filhos a caminho. Quando estava com eles, Brendan se sentia ao mesmo tempo em casa e forasteiro — um dos turistas de verão. Bem, ele agora era um *turista de verão*, pois passava o ano letivo em Oxford. Voltar ao lugar em que fora criado era sempre estranho — a igreja anglicana, a rua principal com suas lojas, o porto apinhado de barcos de pesca. Fazendas ainda rodeavam a cidade, porque Clews nunca havia crescido. Ao contrário de Pengarth, onde havia um grande hotel e um museu histórico que abrigava um barco de ouro desenterrado em Pen Tor.

Ele abriu a porta do escritório, entrou na livraria e disse:

— Está procurando alguma coisa em especial? — Não era uma pergunta brilhante, mas foi a única coisa que conseguiu pensar na hora.

Ela estava segurando um livro que ele sabia custar cinquenta libras — era o tipo de coisa que crescera sabendo. Podia ouvir a voz do pai: *Senhorita, tenha a gentileza de recolocar esse livro na estante.* Pôde ver seu cenho franzido acima dos óculos que usava, até onde Brendan se lembrava.

— Desculpe — disse ela. — Tome aqui. Estava só dando uma olhada.

Ele não conseguiu segurar um sorriso. Então ela era americana. Sempre quisera visitar os Estados Unidos. A moça tinha olhos castanhos e sardas — bem leves — no nariz. Era ainda mais bonita do que ele pensara ao vê-la na rua. Fios de cabelo escapavam das tranças e se enroscavam em volta de seu rosto.

— É permitido olhar os livros, sabia? Estamos em uma livraria.

Brendan a viu antes que ela o visse. Uma moça mais ou menos da sua idade, de cardigã cinza, calça jeans desbotada e tênis. Ela tinha cabelos ruivos compridos presos em uma trança e estava em pé em frente ao antiquário, olhando a vitrine. Ele tentava se decidir se a abordaria e diria *oi* — em geral era tímido com as mulheres, especialmente com as bonitas, mas ela parecia uma turista e ele poderia ao menos perguntar se precisava de alguma indicação —, quando a viu sair andando em direção à livraria.

Ele se meteu na ruela que ficava entre a livraria e o pub, correu em direção ao jardim e entrou pela porta dos fundos, deixando-a bater atrás de si com um estampido. Ficara a manhã inteira naquela sala, que seu pai usava como escritório. A escrivaninha ocupava um dos cantos, mas a maior parte do espaço era preenchida por livros. Havia livros em prateleiras que iam até o teto, outros em cima de uma grande mesa onde seu pai mostrava aos clientes os manuscritos mais antigos, livros em caixas pelo chão. Ele deveria estar catalogando aqueles livros e dado cabo da metade quando se cansou da poeira e foi até o pub comprar uma cerveja, que bebeu na companhia de dois antigos colegas da escola em Clews.

Como a maioria dos homens da cidade, os dois agora eram pescadores. Brendan ainda sentia que era um deles, mas sabia que quando os outros conversavam com ele não o faziam com a mesma liberdade de quando estavam entre si. Ele havia se tornado muito diferente, o jovem Brendan Thorne que saíra da cidade para estudar em Oxford e agora estava prestes a obter um mestrado em literatura inglesa. Por um lado, respeitavam seu conhecimento e viviam lhe fazendo perguntas — sobre política, por exemplo, assunto sobre o qual ele sabia quase nada. Por outro lado, que tipo de profissão para

E a Thorne & Filho — o único trecho da caminhada que sempre lhe causava dor — era agora uma livraria de rede, com um café no térreo e estantes ocupadas por revistas e *best-sellers*. Nesse dia, ela parou para examinar a vitrine da frente e observar as pessoas sentadas às mesas tomando seus cafés refinados. A temporada turística estava no auge e o movimento em Clews era bem maior do que durante a sua primeira visita. Ela gostava de falar mal dos turistas com o casal Davies, como se fosse uma nativa da cidade.

Aquele homem no canto, curvado por cima do laptop, digitando. Tinha os cabelos cortados curtos, mas a nuca lhe lembrou... era assim que Brendan costumava ficar quando estava trabalhando até tarde da noite. Perguntou-se o que o homem estaria digitando com tamanha concentração. Provavelmente apenas e-mails.

O dia estava lindo. Ela agora já tinha subido a colina muitas vezes, e não precisava de ajuda para chegar lá no alto da Gawan's Court. O silêncio sempre a surpreendia. Não havia qualquer barulho de tráfego, dos ônibus chegando e desembarcando turistas em frente à igreja normanda. Só o canto dos pássaros.

Ela se sentou em cima de uma das pedras tombadas e pôs-se a fitar o mar que cintilava sob o sol. A nona vida teria um fim triste, com pesar e perda. Mas a décima... talvez essa terminasse bem. Talvez Elowen encontrasse Gawan outra vez. Era piegas, sim. Mas a vida real às vezes é mesmo piegas. Ela sempre carregava o caderno consigo, para o caso de ter ideias como aquela. Tirou-o da bolsa e anotou: *finalmente... Gawan?*

Quando o outono chegasse, tentaria encontrar Brendan novamente. Talvez ele tivesse entrado em contato com o departamento; talvez estivesse lecionando em algum lugar e fosse aparecer em uma pesquisa do Google. Fosse como fosse, iria encontrá-lo. Tinha fé nisso. Enquanto esse dia não chegava, tinha seu livro e a sensação cada vez mais forte de que estava finalmente se transformando na pessoa que deveria ter sido desde o começo, a pessoa que estava buscando quando se candidatara ao curso em Oxford, optara por estudar literatura inglesa em vez de direito, sorrira para Brendan e dissera que sim, adoraria sair para jantar com ele. Transformando-se em Evelyn Morgan, ou E. R. Morgan, ou qualquer uma das pessoas que viesse a ser nos anos que ainda estavam por vir.

Hoje, sentada na pedra tombada, com o sol aquecendo seus ombros e o mar cintilando ao longe, aquilo bastava. Abriu o caderno e escreveu: *décima vida — paz, não: realização.*

A ROSA *e o* ESPINHO

A história de Brendan

THEODORA GOSS

Ilustrações Scott McKowen

V&R EDITORAS